The Anthropologists

THE ANTHROPOLOGISTS

Copyright © 2024 by Ayşegül Savaş
All rights reserved.
Korean translation rights arranged with Aevitas Creative Management, New York through Danny HongAgency, Seoul.

이 책의 한국어판 저작권은 대니홍 에이전시를 통한 저작권사와의 독점 계약으로 ㈜도서출판 길벗에 있습니다. 저작권법에 의해 한국 내에서 보호를 받는 저작물이므로 무단전재와 복제를 금합니다.

이 소설은 외롭고 충만한 두 사람이 외국의 도시에서 함께 살 집을 구하기 위한 여정을 보여 준다. 소설 속의 시간으로는 수 개월에 걸쳐 진행되지만 나는 왠지 이들의 일상적이고도 사적인 어느 날을 엿보았을 뿐이라는 생각이 든다. 그건 아마 삶이 하루하루의 흔적이기 때문이기도 하지만 하루하루가 삶의 단서이기 때문이기도 할 것이다. 두 사람이 좋아하는 탐정 드라마가 보여 줄 법한 시시한 반전처럼 예측 가능한 도시에서, 우리가 기대할 수 있는 것은 무엇일까. 밤의 공원과 맥주, 눅눅한 프렌치프라이, 그리고 친구들과 친구들이 서로에게 영원히 타인일 것이라는 감각. 이것에 대해 이렇게도 말해 볼 수 있겠지. 도시가 우리에게 빈정거릴 때, 우리는 빈둥거리고 싶을 뿐이었잖아.

거듭되는 기대와 실망 속에는 실은 언제나 사랑이 잠복하고 있다. 도시에 대한 사랑, 친구에 대한 사랑, 미래에 대한 사랑. 새로운 집에 정착했지만 더는 기대할 만한 새로움이 없다고 해도, 나는 이들이 매일 아침 페이스트리를 먹으며 하루를 시작하기를 바란다. 그것은 사랑할 만한 가치가 있는 일상이니까. 한 사람의 일상은 아지트처럼 숨어 지내기 좋은 곳이니까. 그러다가도 어딘가로 떠나고 싶어지면 일요일 오후의 극장을 찾는 것이다. 영화가 끝나면 실감할 수 있는 현실을 여전히 기대하면서.

— **고선경(시인)**

삶에 몇 가지 축을 세우려고 노력하는 인물들이 집과 집 사이를, 사람과 도시 사이를 오가며 진자 운동할 때, 일상이라는 거미줄엔 늘 외로움이 이슬처럼 맺혀 있다. 정착에 가까워질수록 삶은 조용하고 단조로워진다. 하지만 그 모습을 관찰하는 사바쉬의 눈에는 정확한 다정함이 흐른다. 그는 단조로움의 온기와 유머를 발굴하는 인류학자가 틀림없다.

— **김서해(소설가)**

인류학자들

아이셰귤 사바쉬 지음
노진선 옮김

더퀘스트

막스와 할아버지에게 이 책을 바칩니다.

차례

인류학자들 | 9
감사의 말 | 207

시작과 끝

갑자기 조바심이 나서 우리는 집을 알아보기로 했다. 이 도시에 자리 잡은 지 몇 년이 지난 때였다. 가끔 우리가 사회적 규범에 부합하지 못하는 삶을 사는 건 아닌지, 이젠 삶의 기반을 잡아야 하지 않을지 걱정스러웠다. 마누보다 내가 더 많이 걱정했는데 마누도 종종 내 걱정에 마지못해 동의했다.

우주론

오랫동안 우리는 서로에게 전부였다. 우리가 처음 만났을 때 세상은 확장되었고 동시에 축소되었다. 우리 둘을 담기에 충분할 정도로 늘어나 하나의 온전한 우주가 되었으며, 우리를 제외한 나머지는 전부 커튼 뒤로 사라졌다.

그때 우리는 아주 어렸고 청소년기를 막 벗어난 상태였다. 주말에는 걸어서 대학 캠퍼스를 벗어나 시내로 나가곤 했고 우리보다 나이 많은 사람들 속에서 시간을 보냈다. 그들의 삶은 현실적인 동시에 비현실적인 듯했다. 현실적이었던 이유는 그들의 삶이 막연히 상상했던 어른의 삶과 일치했기 때문이고, 비현실적이었던 이유는 우리가 결코 그들처럼 되지 않을 듯했기 때문이다.

우린 시내에 있는 서점과 카페, 레코드 가게를 쏘다녔다. 비록 레코드 가게에서 취급하는 음악이 어떤 장르인지는 전혀 몰랐지만. 그래도 멋지고 세련되었으며 이국적으로 느껴졌다.

외국인 유학생이었던 우리는 장학금을 받으며 공부하는 중이었고 서로에게서 공통점을 알아봤다. 세상 반대편에서 자랐어도 우리는 비슷한 부류의 사람들 손에서 컸다. 부모님들은 자녀에 대한 걱정, 훈육 방식, 애정, 경제적 여건이 비슷했다. 철이 없었던 우리는 앞으로 어디에서 살든 여생을 이방인으로 살아가게 되리라는 운명을 쉽게 받아들였고 오히려 그 사실에 설레기까지 했다. 당시에는 완전한 우주였던 우리의 작은 세상에 다른 사람은 영영 필요치 않을 듯했다.

초고

대도시에서 살기로 한 건 충동적인 결정이었다. 대학을 졸업한 후 소도시를 전전했던 터라 대도시가 매력적으로 느껴졌다. 전혀 다른 삶이 시작될 듯했다. 언젠가는 또 다른 곳에서 살아볼 생각도 있었다. 삶의 기반을 잡아야 한다는 걱정은 당분간 하지 않기로 했다.

우리는 평범한 동네의 평범한 거리에 세놓은 집을 찾아냈고, 별다른 생각 없이 거기서 살기로 했다. 당시에는 어른의 삶을 진지하게 받아들이기보다는 그저 소꿉놀이하듯 살아가고 있었다.

우리 집은 작고 약간 어두웠으며 주방이라고 해봐야 싱크대와 가스레인지가 전부였다. 그래도 그 집이 마음에 쏙 들었다. 그리고 콕 집어 말할 수 없는 이유로 계속 도시에 머물렀다. 대학 때부터 계속 걸어두었던 영화나 밴드 포스터 대신 벼룩시장에서 산 그림을 걸어둘 때도 있었다. 과일이 담긴 접시를 그린 정물화와 해 질 녘 항구를 그린 풍경화. 그림 자체도 좋았지만 그것이 말하는 상징성, 그러니까 우리가 진짜 그림을 벽에 걸어두는 사람이라는 사실도 좋았다.

우리는 루틴 지키는 걸 좋아했다. 새로운 환경에서 처음 느꼈던 강렬한 설렘과 그것이 점차 퇴색되어 가는 것이 지겨워졌기 때문이리라.

이제는 확장해야 할 때였다. 사람들이 흔히 말하듯 **삶의 기반을 다져야** 할 때였다. 그 표현은 우리와 거리가 먼 말이었지만 좀 더 안정적인 삶을 꾸려야 한다는 사실에는 동의했다.

일상

마누는 도시 반대쪽에 있는 비영리 단체에 출근하려고 일찍 집을 나섰다. 마누가 아침을 준비하는 동안 난 커피를 내렸고 파자마 차림으로 함께 식탁에 앉았다. 서로 마주 보며 식탁에 앉는 것은 일종의 의식이었다. 우리 삶에는 의식이라 할 만한 것이 거의 없었다. 의미가 있는 의식이든 아니면 적어도 전통이나 국가, 종교와 같은 역사적 배경이 담긴 의식이든. 그래서 이런 사소한 일상이 중요했다. 난 아침이면 꼭 마누와 함께 식탁에 앉곤 했다.

마누가 집을 나서기 전, 현관에서 키스했다.

좋아, 나 이제 신발 신었어. 마누가 말했다.

마누가 나간 뒤에는 소파에 앉아 책을 읽었다. 커피가 떨어져서 차를 끓였다.

난 최근에 다큐멘터리 제작을 위한 지원금을 받았다. 지원금 사용 조건이 유연해서 다큐멘터리 제작이 아닌 용도로 사용할 수 있었다. 덕분에 앞으로 1년 동안은 집세를 걱정할 필요가 없게 됐다. 집세로 나갈 돈을 모으면 작은 집 계약금 정도는 마련할 수 있을 것이다. 지원금 말고도 돈이 약간 더 있는데 양가 부모님의 결혼 선물이었다. 비록 부모님들 수입이 넉넉지 않았고 고국의 화폐 가치는 계속 떨어졌지만. 그래도 그분들은 우릴 돕는 걸 의무로 여겼다. 오히려 더 많이 줄 수 없어서 슬프다고 했다.

내가 다큐멘터리 감독이라고 말할 때마다 사람들은 언론인 비슷하게 생각하며 내가 어떤 주제를 깊이 파헤치기 좋아할 거라고 짐작했다. 몇 년 전 처음 촬영을 시작했을 때는 그런 동기가 없었다. 당시 난 부모님과 조부모님, 동네 풍경, 늦은 밤의 대화를 촬영했다. 그저 뭔가를 찍고 싶었을 뿐 깊이 생각하지 않았다. 결과물이 어떨지, 오랫동안 촬영한 영상을 어떻게 활용할지, 그걸로 어떤 작품을 만들지 걱정하지 않았다. 난 마누에게 보여주려고 이런저런 영상들을 모았고, 우리 둘만 이해할 수 있는 유머와 논리로 장면들을 엮어갔다. 그 결과 우리 엄마에 관한, 아니 엄마의 옷장에 관한 다큐멘터리가 완성되었다. 내가 자란 마을의 구멍가게 주인에 관한 다큐멘터리도 있었다. 하루 종일 가게에 앉아 있는 주인 아저씨를 그의 아버지 시점으로 촬영한 다큐멘터리였다. 초기에 찍은 다큐멘터리는 다른 사람의 작품처럼 느껴지기에 객관적으로 좋다고 말할 수 있었다. 기쁨이 넘치며 순수했다. 이후에 영상 작업을 할 때는 잘 모르는 나라들로 여행을 다녔다. 난민 아이들을 위한 학교, 이민 온 여성들이 버스에서 운영하는 무료 급식소를 촬영했다. 가끔은 다큐멘터리 만드는 일이 피사체에 공감하고 피사체에 대해 배워가는 과정이라고 믿었다. 하지만 또 가끔은 다큐멘터리 감독들이 그렇게 믿고 싶어 할 뿐이라는 냉소적인 생각도 들었다. 필요한 촬영 분량을 확보하자마자 피사체를 곧바로 떠나버리니까. 어쨌든 내가 만든 다큐멘터리는 사회 비판적 의미를 담고 있었고 그런 이유로 지원금을 받아 내 경력에서 처음으로 경제적 여유를 얻었다.

지금으로서는 일상을 촬영하고 그 일상에 담긴 소박한 아름다움을 찬미하고 싶었다. 여행을 떠나고 싶지도 않았고 다른 나라의 문화를 탐구하고 싶지도 않았다. 그저 이 도시에 남아 일상의 규칙을 세우고 싶었다.

미래의 우리들

새집을 알아보던 처음 몇 주 동안 현재 사는 집보다 훨씬 작지만 흠잡을 데 없이 리모델링된 주택을 본 적이 있었다. 세련되고 실용적으로 설계된 개방형 주방에 고급스러운 분위기를 풍기는 욕실까지 갖춰진 집이었다.

매물로 나온 집을 보러 갈 때마다 도시에서 각자 다른 방식으로 살아가는 사람들의 모습, 일과 휴식을 위한 공간의 배치, 물건을 보관하고 진열하는 방식, 우리와 너무도 다른 그들의 우선순위에 매료되었다.

집주인은 개성이 강한 50대 남자로, 집안의 아름다운 물건들은 인테리어에 맞춰 세심하게 선택한 듯했다. 그는 가죽 안락의자에 앉더니 우리에게 집 안을 자유롭게 둘러보도록 했다. 설명이 필요 없을 정도로 집이 멋지다는 사실을 본인도 알았기 때문이다. 집을 둘러본 뒤 마누와 나는 근처 카페로 갔다. 빨간 래커로 칠한 외관과 내부에는 대리석 테이블이 있는 카페였다. 아까 그 집에 살게 된다면 점심을 먹거나 밤늦게 술을 마시려고 이 카페에 자주 오게 될 거라고, 직원들과도 이름을 알 정도로 친해질 거라고 우린 말했다. 다소 낯선 상상이었지만 그래도 즐거웠다. 마치 우리 것이 아닌 아주 비싼 옷을 입은 것처럼.

그 집을 본 지 며칠 후 동네 술집에서 친구 라비를 만났다. 우리는 항상 가볍게 한잔하자며 만나지만 결국에는 양파튀김과 고구마튀김, 튀긴 모차렐라 스틱이 나오는 모둠 요리를 시켰고 몇 시간 뒤에는 늘 속이 더부룩했다.

라거 맥주를 마시며 라비에게 부동산 웹사이트에 올라온 사진을 보여주었다. 사진 속 집은 실제보다 더 박물관 같은 분위기였다.

마누의 핸드폰을 넘겨받은 라비는 사진에서 리딩 누크(책을 읽을 수 있도록 꾸며둔 창문 앞 공간-옮긴이)를 보더니 창문을 확대했다.

와, 멋진데. 영국 왕립 해군 선박에서 볼 법한 창문이야. 라비가 말했다.

그러더니 손님을 잘 초대하지 않고 자녀가 없는 커플에게 이상적인 것 같다며 이렇게 덧붙였다. 그건 너희들이 결정할 문제지만.

그래서 너도 이 집이 마음에 들어? 내가 물었다.

당연하지. 멋지긴 하잖아. 딱 거기까지야. 라비가 말했다.

The Anthropologists

라비는 늘 의견을 내놓으면서도 똑 부러지게 말하지 않았고 본심을 잘 드러내지 않았다.

유대의 원칙

이 도시에 이사한 첫해에 우리는 라비를 만났다. 마누와 내가 서로에게서 알아봤던 공통점이 라비에게도 있었다. 개방적이면서도 한편으로는 경계하는 태도, 삶의 규칙을 정하고 싶은 욕망 하지만 정작 그 규칙이 무엇이어야 할지 잘 모르는 점까지.

한동안 라비는 이 도시에서 우리의 유일한 친구였고 우리에게는 그 정도가 딱 좋았다. 우린 며칠에 한 번씩 만나 별로 하는 일 없이 몇 시간을 함께 보냈다. 강가에 앉아 땅콩을 까먹기도 했고, 도시 구석구석을 걸어 다니며 살고 싶은 집을 고르기도 했고, 광장에서 와인 한 병을 마시며 노닥거리기도 했다. 라비와 마누는 코미디 상황극의 설정 짜는 걸 좋아했다. 라비와 나는 사람을 매력적으로 만드는 특성이나 어떻게 해야 재미있는 일을 찾을 수 있을지 같은 주제로 이야기하는 걸 좋아했다. 자신이 정말로 하고 싶은 일이 뭔지 알기는 쉽지 않다는 데 우린 동의했다. 많은 것이 겉으로는 매력적으로 보이지만 시간이 지나면 답답하게 느껴지는 듯했다.

생활비를 벌기 위해 라비는 고등학생 과외를 했고, 지구 반대편에 있는 온라인 유통업체의 인터넷 광고도 관리했다. 라비가 하는 일이 뭔지 알기까지 몇 달이 걸렸는데 라비가 이 주제를 늘 피했기 때문이다. 아마 자신이 정말로 좋아하는 일을 하지 않는다는 사실이 부끄러웠으리라. 우리 나이대에는 매력적인 직업을 갖는 것이 곧 매력적인 사람이 되는 것이니까.

라비의 원룸에 갈 때마다 마누와 난 라비가 수집한 사진, 포스터, 오래된 매뉴얼, 잡지, 교과서를 구경했다. 벼룩시장과 노점상에서 구입한 물건들로 나중에 어떻게든 활용할 수 있을 것 같아 샀다고 했지만 한 번도 실행한 적은 없었다. 라비가 진정으로 좋아하는 일은 수집 그 자체였다. 쓸모없는 물건들과 그에 담긴 시적 아름다움을 모으는 일.

이 물건들 진짜 근사하다. 어떻게든 활용해봐. 우린 늘 그렇게 말했다.

응. 그럴 거야. 라비가 말했다.

그게 또 다른 문제였다. 관심사가 정당성을 얻으려면 반드시 책이나 전시회 같은 결과물을 만들어내야만 하는 듯했다. 우린 종종 그런 현실이 참으로 유감스럽다고 말하곤 했다. 그러면서 상업적인 성공을 거두지 못해도 순수한 창작의 즐거움과 창의성을 위해 작업했던 수십 년 전의 예술가들을 부러워했다.

그렇지만 우린 결국 이 시대에 속해 있었다.

다양한 삶의 방식

다큐멘터리 촬영을 위해 나는 시간을 들여야만 진면목을 알 수 있는 장소, 외부인을 편견 없이 받아들이는 장소를 후보로 떠올렸다.

집에서 멀지 않은 공동묘지도 후보였는데 우리는 초저녁에 그곳을 산책하며 눈길을 끄는 이름이나 묘비 주인에게 친근감을 느꼈다. 시시각각 상태가 변하는 시내버스 역시 후보였다. 버스는 한가로운 오후에는 텅 비었고 저녁에는 바글거렸으며 늦은 밤에는 취객들이 들어차 있었다. 하지만 결국에는 우리 집 북쪽에 있는 공원을 촬영하기로 결정했다. 라비가 소개해준 공원이었다. 그 공원은 이 도시의 다른 지역과는 분위기가 달랐다. 더 여유로웠고, 아마도 더 따뜻하게 맞아주는 느낌이었으리라. 다른 곳에는 이 도시에 속해 있다는 느낌이 하루아침에 사라질 듯한 위태로움이 존재했다. 라비도 그걸 느꼈을 것이다. 하지만 라비는 그런 감정을 드러내는 사람이 아니었다. 자신이 약해 보이는 것을 극도로 싫어했기 때문이다.

공원을 찍기로 결정한 며칠 뒤에 라비와 마누, 나는 그곳으로 소풍을 갔다. 날씨는 아직 더웠다. 9월치고는 너무 더운 날씨였다. 이런 기후 변화를 좋아해야 할지 걱정해야 할지 알 수 없었다. 우린 감자칩과 맥주를 샀고 공과 담요, 책을 챙겼다. 그러고는 종일 잔디밭에 늘어져 있었다. 그렇게 몇 시간마다 매점에 가서 맥주를 더 사 왔다. 폐장 시간이 되자 경비원들이 사방으로 호루라기를 불어댔고 우리는 그제야 자리를 떴다.

난 온종일 빈둥거리는 게 참 좋아. 라비가 말했다.

그게 내가 촬영하고 싶은 주제였다. 느릿느릿 여유롭게 빈둥거리는 하루.

관점

할머니가 전화해서는 창가 화분에 뭐라도 심었냐고 물었다. 할머니는 시차를 깜빡하고 늘 너무 이른 시간에, 내가 막 잠에서 깼을 때 전화를 했다. 그러고는 매번 밤새 생각해둔 이야기로 대화를 시작했다.

네가 원한다면 내가 씨앗을 주마. 네 엄마가 우편으로 보내줄 거다. 할머니가 말했다.

대화를 나눌 때 할머니는 크고 작은 일, 중요하고 사소한 일을 남들과 다른 관점으로 구분했다. 우리 삶의 새로운 변화, 이를테면 내가 지원금을 받았거나 마누와 내가 집을 사려고 알아보는 중이라는 사실은 중요하게 여기지 않았다. 대신 전날 저녁에 뭘 먹었는지, 날이 추워지는데 겨울옷은 꺼내두었는지는 꼭 물어보았다.

난 창가 화분에 뭔가를 심을 생각은 한 적 없었다. 가끔 화분을 사긴 했지만 몇 주 만에 시들어버렸다. 그러면 꽃이 활짝 피고 이파리가 싱싱한 다른 화분으로 대체했다. 매번 그 상태가 그대로 유지되기를 순진하게 바라면서.

할머니에게 뭘 심어야 할지 물었더니 할머니는 핸드폰 액정을 뚫어지게 바라보았다. 엄마가 최근에 스마트폰을 사준 덕분에 할머니는 나와 영상통화를 했다. 엄마와 내가 영상통화를 할 때마다 화면 안으로 얼굴을 들이밀 필요가 없었다. 난 할머니가 제라늄이나 장미를 말할 줄 알았는데 의외로 파슬리, 오레가노, 차이브를 심으라고 했다.

그러더니 허브와 함께 먹을 수 있는 음식 조합을 나열했다. 차이브와 치즈, 파슬리와 호두, 오레가노와 토마토. 토마토와 차이브와 치즈.

마노도 좋아할 거다. 할머니가 말했다. 할머니는 종종 마누를 다른 이름으로 불렀고 난 굳이 바로잡지 않았다.

또 무슨 일이 있었니? 할머니가 물었다. 난 새로운 다큐멘터리의 주제를 좀 더 구체화하고 있으며 지난 주말 공원에 소풍을 다녀왔다고 말했다. 일상은 이야기하기 힘든 주제예요. 내가 말했다.

일상 같은 소리. 그런 건 아무도 관심 없어. 할머니가 말했다.

다큐멘터리에는 반드시 역사적 사건이 들어가야 해. 할머니는 말을 이었다. 로마 시대에 있었던 사건 같은 거. 그래야 새로운 사실을 배울 수 있잖니.

정서적으로 새로운 경험도 가치 있지 않을까요?

아시아, 요점을 흐리지 마라. 우린 너한테 대륙의 이름을 지어줬는데 넌 고작 공원이나 찍고 있구나. 할머니가 말했다.

난 웅얼거리며 할머니의 말에 동의했다. 할머니가 날 이상하다고 생각하는 건 싫었기 때문이다. 내게는 가족들이 날 이상해졌다고 생각하면 어쩌나 하는 두려움이 늘 내재했다.

주제를 바꿔 책상에 할머니 사진을 놓아두었다고 말했다. 나무 아래서 책을 읽는 할머니의 사진이었다.

그때 난 열여섯이었지. 할머니가 말했다. 우리 반에서 내가 글을 제일 잘 썼어. 나처럼 에세이를 잘 쓰는 사람은 없었단다. 또 노래를 잘해서 상도 받았고.

할머니는 한숨을 쉬었다. 그 한숨에는 인생을 허비했다는 의미가 담겨 있었다.

도시

마누와 난 예전에 다른 곳에서도 살아보았다. 하지만 이 도시에는 어딘가 우리가 삶에서 원했던 분위기와 조화로운 생활 환경이 있었다. 이 도시의 시간은 우리의 삶과 같은 박자로 흘러갔다. 우리는 이곳의 색감과 경계선, 장식, 동네 구성에 감탄했다. 아직 이 도시가 익숙하게 느껴지진 않았다. 그저 익숙해지고 싶을 뿐이었다. 그래서 우린 이 도시의 방식을 받아들였다.

어디에 살든 변화를 요구받으리라는 사실을 늘 알고 있었다. 우리가 안심할 곳은 어디에도 없었고, 오랜 시간이 흐른 뒤에 깊은 잠처럼 편안하게 느껴질 언어도 없었다. 떠도는 삶에서 비롯되는 더 큰 문제들은 깊이 생각해보지도 않았다. 이를테면 죽은 뒤에 어디에 묻힐지, 나이 들면서 기억의 저장고가 조금씩 깎여나갈 때 어떤 언어의 어떤 단어를 잊어버리게 될지.

현지인

레나는 이 도시에서 내 유일한 현지인 친구였다. 마누와 나는 알고 지내는 사람들이 우리처럼 다 외국인이라는 사실이 약간 부끄러웠다. 그 사실이 우리에 대한 평가라도 된다는 듯. 활기찬 광장에 있을 때면 즐거운 세상이 우리를 비켜 가는 느낌이 들었다. 광장에 있는 사람들이 서로 전부 아는 사이도 아닌데 말이다. 두세 명씩 모여 있는 그들은 우리보다 더 정당한 자격으로 그곳에 있는 듯했다.

샤론이라는 여자의 생일 기념 소풍에서 레나를 처음 만났다. 샤론과 그녀의 남편 폴은 매달 이 도시에 사는 외국인들의 모임을 열었다. 난 이 모임에 마누 없이 주로 혼자 갔다. 마누는 이런 모임에서 억지로 우정을 쌓는 걸 싫어했다. 샤론은 종종 이 도시에 불만을 표시했다. 사람들의 속물근성이며 외국인과 친해지기를 꺼리는 태도에 대해. 하지만 외국으로 떠나온 자신의 결정은 칭찬했다. 큰 용기가 필요한 일이었고 그로 인해 많은 보상을 얻었다고.

그날도 와인 한 병과 치즈 한 덩이, 서점 진열대에서 본 적이 있는 작가의 번역서 한 권을 들고 생일 파티에 도착했다. 이 도시에는 서점이 정말 많은데 그중에는 독특한 책으로 빼곡히 채워진 아름다운 서점들도 있었다. 이 도시의 언어로 쓰인 소설을 읽는 건 어려운 일이었다. 사람들로 붐비는 광장처럼 서점 역시 내게 가슴 저릿한 소외감을 안겨주었다. 마누는 몸이 아팠고, 덕분에 파티에 참석할 수 없어서 좋아했다. 마누가 가지 않으니 라비도 가지 않았다. 하지만 나는 우리가 이 모임에 오는 사람들을 별로 좋아하지 않아도 노력은 해야 한다고 생각했다.

난 샤론 옆에 쌓인 선물 더미에 내 선물을 올려놓았다. 퀼트 담요 위에 앉은 샤론은 여왕처럼 당당해 보였고 긴 산호색 드레스를 입고 있었다. 샤론과 제일 친한 세 친구는 와인 동호회를 만든 여자들이었는데 역시 신부 들러리처럼 밝은색 옷을 입었다. 그중 한 명은 샤론의 딸 이지를 뒤쫓아가고 있었다.

오랜만이야! 이따 소식 꼭 들려줘. 샤론은 그렇게 말하고 이내 자신을 기다리는 사람들에게 주의를 돌렸다. 난 와인과 치즈를 놓아두려고 테이블로 갔다. 테이블은 음식으로 가득했다. 체리가 수북이 쌓인 바구니, 파스텔톤의 페이스트리, 석

화 한 접시. 옆에서 화를 내거나 빈정거리는 마누와 라비가 없어서 다행이었다. 두 사람은 이 파티가 가식적이며 돈과 취향을 자랑하는 쇼라고 말할 터였다.

레나는 주머니에 양손을 넣은 채 테이블 옆에 서서 음식을 훑어보고 있었다. 키가 컸고 눈에 띌 정도로 멋졌으며 체격보다 조금 큰 옷을 입고 있었다. 그런 레나를 유심히 바라보고 있는데 그녀가 날 돌아보며 말을 걸었다.

굴과 빵이 있는 정물화 같네요.

의식을 치르려고 모인 **호모 사피엔스**들이죠. 내가 대꾸했다.

내 억양이나 잘못된 동사 활용을 듣고 종종 영어로 바꿔 말하는 다른 현지인들과 달리 레나는 그냥 현지어로만 말했다.

우리는 파티 내내 둘이서만 이야기를 나눴다. 둘 다 다른 사람들과 어울리지 않아도 된다는 사실에 안도하면서 다른 참석자들이 서로 어떤 관계인지 파악하려고 애썼다. 레나는 어쩌다 보니 알지도 못하는 사람의 생일 파티에 오게 되었다며 당혹감을 드러냈다. 파티에 초대받은 지인을 따라왔는데 정작 그는 레나를 버린 채 친한 친구들에게 가버렸다고 했다. 하지만 레나가 상황을 어찌나 쾌활하게 말하던지 난 그녀의 이런 솔직한 태도에 반해버렸다.

파티가 끝나자 레나가 핸드폰을 내밀었고 난 내 번호를 입력했다. 집에 도착했을 무렵에는 레나에게서 며칠 뒤에 다시 만나자는 문자를 받았다. 마침내 도시에서의 삶이 자리를 잡아가는 듯해서 행복했다. 하지만 그 파티 이후로 1년이 넘었는데도 현지인 친구는 여전히 레나뿐이었다.

외국인들

우린 그들을 그렇게 불렀다. 그렇다고 해서 우리가 그들보다 현지인들과 더 가깝다고 착각할 정도로 어리석진 않았다. 어쨌거나 이 외국인들에게는 우리와 다른 뭔가가 있었다. 도시에서 자신의 자리를 당당하게 주장하는 자신감이랄까. 그렇게 생각되는 이유는 아마 우리가 처음 만난 외국인이 샤론의 모임에 참석한 사람들이었기 때문일 것이다. 다들 세련되고 성공한 사람들이었다. 전체적으로 보면 서로 구별되지 않을 정도로 비슷했다. 쾌활한 태도, 조화로운 삶, 정원 가꾸기 같은 취미까지도. 그들은 겸손하면서도 열정적인 태도로 자신의 취미를 이야기했다. 아마추어 마라톤 대회, 도예, 암벽 등반, 오페라 감상. 반면 이런 취미에 자신을 잊을 정도로 푹 빠지지는 않고 늘 절제된 태도를 유지했다.

이들은 정기적으로 모였지만 그룹의 규칙을 어기지 않으려고 조심했다. 그래서 더 자주 보지 않았고 더 친해지지도 않았다. 아마 그런 이유로 우리-라비, 마누 그리고 나-에게는 그들이 외국인처럼 느껴졌으리라. 우리는 우리가 세운 규칙도 늘 어겼기 때문이다. 가볍게 한잔하자고 만났다가 결국 밤새 술집에 있거나, 박물관 전시를 보러 가자고 했다가 온종일 빈둥거렸다. 우린 특별히 내세울 만한 취미도 없었고 그저 이런저런 아이디어만 주고받았다. 무엇보다 우리가 원하는 것, 이 도시에서 찾고 싶은 것은 관계의 규칙을 세우면서도 그 규칙을 무시할 수 있는 사람들이었다. 우리의 가족이 될 수 있는 사람들.

외로움에 대한 공포

마누는 무의미하다고 생각하는 관계는 굳이 이어가려 하지 않았다. 다른 사람들의 초대를 거절하고 주말을 나와 단둘이서 혹은 라비와 함께 보내는 걸 더 좋아했.

난 가끔 마누의 그런 태도를 나무랐다.

우리도 그룹을 만들어야 해. 의지할 수 있는 사람들을 찾아야 한다고. 난 그렇게 말하며 치매와 우정의 관계를 연구한 결과를 언급했다. 해안가의 작은 마을에 살며 매일 카페에 나가 친구를 만나는 노인들이 도시에서 외롭게 사는 노인들보다 알츠하이머 발병률이 더 낮았다.

그거 정말 흥미롭네. 마누가 건성으로 대답했다.

내 말이 무슨 뜻인지 이해한 거야?

응. 친구는 좋은 거야.

도시의 가면

레나는 진정한 현지인 같았고 나는 그 점이 부러웠다. 레나는 여러 동네에서 가게 주인들과 아는 사이였고, 날 데려간 여러 식당과 바에서는 웨이터나 바텐더를 이름으로 불렀다. 그들과 유쾌한 농담을 주고받으며 밀고 당기기를 잘했다. 내가 이 도시에서 겪는 문제가 그거였다. 난 도시와 가볍게 소통할 줄 몰랐다. 매달리는 연인처럼 너무 간절하고 너무 성급했다.

반면 레나는 이곳을 답답해했다. 여기 사는 사람들은 상상력이 부족하다고 생각했다. 걸핏하면 곧 다른 도시로 떠날 거라고 했다.

여기만 아니면 어디든 좋아. 레나는 그렇게 말했고 나는 하나뿐인 현지인 친구를 잃을까 걱정되었다. 하지만 레나는 카페에서 일하며 계속 이 도시에 살았다. 레나는 일이 자신과 맞지 않는다고 했지만 나는 매력적으로 느껴졌다. 도시의 일상과 밀접히 연결되어 있고 현지인의 정체성을 완벽히 대변한다는 점에서. 난 매주 레나의 근무가 끝날 무렵에 그녀를 데리러 갔다. 그다음에는 주로 레나가 선택한 전시회를 보러 갔다. 레나는 종일 뜨거운 음료와 페이스트리만 날랐다는 사실에 늘 분개했다. 나는 투덜대면서도 삶에 대한 애착을 놓지 않는 그녀의 태도가 존경스러웠다.

레나에게 우리가 집을 알아보는 중이라는 말은 아직 하지 않았다. 우릴 놀릴 것 같아서였다. 레나는 지극히 평범하다고 생각되는 일을 자주 조롱하듯 말했고, 난 그녀의 빈정거리는 말에 종종 상처를 받았다. 게다가 우리에게 대출금에 보탤 여윳돈까지 있다는 사실을 알면 레나는 충격을 받을지도 모른다. 레나는 월급으로만 빠듯하게 생활했기 때문이다. 하지만 공원에서 촬영을 시작했다는 이야기는 했다.

공원? 공원에서 뭘 찍는데? 레나가 물었다.

그냥. 공원에서의 하루.

그걸 찍는 데 돈을 받았다고?

그렇다고 할 수 있지.

그 돈으로 여행할 수도 있잖아. 고작 매일 공원 가는데 그 돈을 쓴다니 믿을 수가 없어. 그녀가 말했다.

미래의 우리들

우리가 관심을 둔 또 다른 집은 오래된 공장 안의 로프트였다. 그곳에 가기 위해 도심에서 동쪽으로 가는 기차를 타고 교외를 지나 외곽으로 나갔다. 기차에서 내려 도보로 고속도로를 가로지른 다음, 공업단지에 도착했다. 일부 건물은 방치됐고, 일부는 아이가 있는 젊은 부부를 위한 세련된 주택으로 개조되었고, 나머지는 이민자들이 살고 있었다. 모스크가 하나, 그 옆에는 농구장이 있었다. 우리가 갔던 저녁에는 팔다리가 길쭉한 소년들이 느긋하게 공을 던지며 놀다가 가끔 지나가는 친구들을 불러 세웠다. 모스크 입구에는 키가 작고 이마에 주름이 깊게 팬 남자가 저녁 기도를 하러 온 신도들을 맞이하고 있었다.

개조된 공장의 정문으로 들어가면 완전히 다른 세상이었다. 벽에는 담쟁이덩굴이 무성하게 자랐고, 각 로프트에 딸린 외부 공간은 테라코타 화분과 원형 테이블로 구분해 두었다. 우리가 둘러본 로프트의 주인은 세 아이를 둔 부부인데 집에 있는 장난감은 모두 나무로 만든 것뿐이었다. 가족 구성원마다 자기 자전거가 있었고 자전거들을 한쪽 벽에 나란히 기대 세워놓았다. 그것마저도 이 집의 활기차고 어수선한 분위기의 일부였고 그 안에서 정서적 안정과 배려가 느껴졌다. 우리가 도착했을 때는 마침 가족이 다 함께 요리하는 중이었다. 아이들은 스툴에 올라가 고사리 같은 손으로 재료를 다지고 껍질을 벗겼다. 이 장면이 우리의 방문에 맞춰 연출된 것인지 의심스러웠으나 다들 너무 즐거워 보였고 우리를 따뜻하게 맞아주었다.

로프트는 아주 널찍해서 우리의 루틴을 바꾸지 않고도 손님을 맞이할 수 있을 듯했다. 지금은 양가 식구들이 우리 집에 며칠밖에 묵지 못했고, 더 오래 있으면 부담이 된다는 걸 우리는 분명히 했다. 하지만 그러면서도 가족에게 그렇게 선을 긋는 게 부끄러웠다. 가족들이 아무런 제한 없이 우리 집에 머물 수 있는 미래를 상상했다. 예전 고향에서 친척들이 몇 주 심지어 몇 달씩 머물렀을 때처럼.

The Anthropologists

로프트를 둘러본 후 마누와 나는 이야기를 나누기 위해 근처 카페를 찾았지만 그 동네에는 카페가 없었다. 그래서 그냥 기차를 타고 집으로 돌아왔다.

그 주에 라비를 만나 로프트의 사진을 보여줬더니 라비가 주말마다 기차를 타고 우릴 만나러 오겠다고 했다.

꼭 가야 한다면. 난 워낙 좋은 친구니까. 라비가 덧붙였다.

마누의 부모님께 그동안 본 집들을 전화로 말씀드렸더니 두 동네에 초등학교가 있는지, 병원 특히 소아과가 있는지 물었다. 마누와 난 아이를 가질 거라고 말한 적이 없었는데도. 그렇다고 그 가능성을 부인한 적도 없었지만. 그 문제는 우리가 아직 확실히 정하지 못한 삶의 한 측면이었고, 그게 정해져야 우리가 원하는 미래를 더 구체적으로 상상할 수 있었다. 미래를 계획하는 과정은 상상으로 하는 곡예와 같아서 어디에 착지하고 싶다는 막연한 추측만으로 도약하는 일이었다.

원예

엄마와 통화하면서 할머니가 허브를 심으라고 했던 이야기를 전했다.

평생 씨앗 하나도 심어본 적 없는 양반이 왜 너한테 그런 잘난 척을 했는지 알다가도 모르겠구나. 엄마가 말했다.

할머니는 할아버지가 돌아가신 뒤에 엄마 집으로 이사했

다. 마침 그 무렵 부모님도 별거를 시작했다. 당시 난 외국에서 산 지 몇 년 된 터라서 이 두 가지 변화에 깜짝 놀랐다.

놀라워하는 나에게 엄마는 말했다. 할머니가 달리 어디서 살겠니.

하지만 엄마는 아직 젊잖아요. 꼭 할머니랑 살 필요 없어요.

할머니 혼자 그 집을 관리하기는 힘들어.

더 작은 집으로 이사하시면 되죠.

그럼 3년 뒤에는 어쩌고?

그건 그때 가서 생각하자고 말하고 싶었다. 난 엄마에게 실버타운을 고려해볼 수도 있다고 말했다. 다른 나라에서는 그게 그렇게 황당한 일은 아니라고.

아시아, 대체 무슨 말도 안 되는 소리니? 엄마가 말했다.

나는 자율성이 가장 우선시되어야 한다는 사고방식에 너무 빠르게 적응해버렸다. 자율성을 도덕적 가치이자 의심의 여지 없는 바람직한 상태로 여긴 것이다. 분명 가족의 눈에는 이런 내가 낯설다 못해 아예 남처럼 느껴졌을 수도 있다.

난 엄마에게 뭘 심어야 하냐고 물었다.

글쎄, 집에 신선한 허브가 있으면 유용하겠지.

이웃

두 층 위에 사는 테레자 할머니는 나이가 많아도 마음만은 젊다. 비록 최근에는 고국을 떠난 뒤 40년간 사용해온 언어를 더듬거리기 시작했지만.

친해지기 전까지 테레자는 늘 우리 집 초인종을 누를 핑곗거리를 찾곤 했다. 한번은 안뜰에서 공사를 시작하니 자전거를 옮겨야 한다고 알려주었고, 또 한번은 주말에 손주를 보러 가는데 냉장고에 있는 과일이 상할 테니 우리에게 먹겠냐고 묻기도 했다. 우리는 좋다고 했다. 그 후 테레자는 매주 한 번씩 핑계가 있든 없든 우리 집 초인종을 눌렀고 우리는 그녀를 초대해 함께 차를 마셨다.

테레자는 체구가 아주 작아서 볼 때마다 놀랄 정도였다. 마치 동화에서 튀어나온 듯했다. 밝은 푸른색 눈동자에 예상치 못한 조합의 무대 의상 같은 옷을 입고 다녔다. 캔버스와 실크, 벨벳과 비즈 같은 조합이었다. 처음에는 테레자의 그런 옷차림을 괴짜 같은 기질이나 예술적 감성의 표현으로 여겼지만, 사실 테레자는 그저 아이처럼 순수한 사람으로 삶을 만끽할 뿐이었다.

테레자의 딸은 남편, 아이들과 함께 도시 외곽에 살았다. 딸의 가족은 잘 찾아오지 않았고 테레자는 초대를 받을 때만 딸네 집에 갔다. 주로 명절, 생일, 새해에.

난 테레자가 올 경우를 대비해 맛있는 쿠키 한 상자와 잎차를 사두는 습관이 생겼다. 마누와 내가 평소에는 절대 사지 않는 간식거리였다. 테레자의 시각에서 보면 우리 집은 틀림없이 어수선해 보이리라. 테레자의 집은 품격이 있었고 진짜 집에서 느껴지는 전통적인 고급스러움이 있었다. 이를테면 여러 개의 안락의자와 담요, 도자기로 된 각종 식기 세트, 고리버들로 만든 바구니처럼 급하게 사거나 대량으로 살 수 없는 물건들이었다. 난 그런 공간이 어떻게 탄생했는지 알고 싶었다. 그 물건들을 구입하는 일이 테레자의 삶에서 중요한 순간이었는지 궁금했다. 비록 지금은 무심하게, 마치 처음부터 그곳에 있었다는 듯이 자리하고 있지만.

엄마 집으로 이사할 때 할머니는 집과 살림살이를 전부 처분했다. 할머니의 예전 삶이 담긴 몇 안 되는 물건은 가족사진을 넣어둔 은으로 만든 액자, 드라마를 볼 때 무릎을 덮는 보직 담요, 자개 상자, 호두나무로 만든 서랍장이 전부였다. 이 물건들은 엄마 집에서 두드러져 보였으며 그것들이 내뿜는 세월의 흔적은 현대적 공간에서 더 짙게 느껴졌다.

가끔 할머니는 예전 집에 있었던 가구들을 아쉬운 마음으로 하나씩 되짚었다. 그럴 때 엄마가 옆에 있으면 어김없이 똑같은 말다툼이 이어졌다.

그렇게 날 원망할 거면 애초에 왜 버린 거야?

네가 그 물건들을 원치 않는다고 생각했으니까.

난 그런 말 한 적 없어.

뭐 어쨌든 다 지난 일이야.

테레자는 손님 접대에 크게 신경 쓰지 않았지만 그래도 페이스트리용 은 집게와 장식장에 진열해 둔 작은 도자기 그릇을 내왔다. 테레자의 집을 처음 방문했을 때 마누와 난 약간 경직되어 있었고, 손발을 어디에 둬야 할지 찻잔을 어떻게 잡아야 할지도 신경 썼다. 하지만 이내 긴장이 풀려서 소파에 발을 올려놓았고 직접 부엌에서 음식을 가져다 먹었다. 우린 테레자가 예의범절에 그다지 신경 쓰지 않는다는 걸 깨달았다. 그녀에게 중요한 것은 대화였다. 마누와 나는 손님맞이용 접시 세트나 유리잔 세트는 없었지만 서로 대화를 많이 나눴고, 테레자는 그런 삶이야말로 진정으로 부유한 삶이라고 생각했다. 그녀는 우리의 친구에 대해, 음악과 시에 대해, 마누와 내 고국의 정치 상황에 대해 물었다. 하지만 정치 상황에 대해서는 들어도 세세하게 기억하지 못했고 그저 상황이 그다지 밝지 않다는 사실만 알고 있었다. 그게 테레자의 일관된 태도였다. 젊은 시절 잠시 희망을 품었던 시기가 지난 후부터 그녀는 세상이 암흑기에 접어들었다고 믿었다.

우리가 갈 때마다 테레자는 거의 매번 대학 시절 이야기를 들려주었다. 동기들과 일렬로 서서 군인들이 인문대학에 들어오지 못하게 막은 사건이었다. 말하는 동안 그녀는 음식에 손도 대지 않았고, 때로는 조급하게 말했으며, 식사 시간 동안 가능한 많은 것을 전해주려고 했다. 어느 순간 우리는 차를 마시던 사이에서 함께 저녁을 먹는 사이로 바뀌었고 우리 셋 모두 이런 변화와 새로 맺은 친분에 기뻐했다.

테레자는 요리를 잘하지는 못했지만 격식을 중요시하던 세대답게 품격을 갖춘 저녁 식사를 준비했다. 식탁에는 빵과 버터, 곁들이는 음식, 천으로 된 냅킨, 양초가 있었다. 음식 재료는 그녀의 딸이 매주 고급 슈퍼마켓에서 최상품으로 주문해주었고 예쁘지만 불필요한 포장이 되어 있었다.

테레자의 딸은 매일 저녁 전화했는데 마침 우리의 저녁 식사 시간과 겹쳤다. 유선 전화기가 몇 번 울린 후에야 테레자는 전화를 받으러 일어났다. 다시 식탁으로 돌아온 그녀에게 우리가 별일 없냐고 물으면 테레자는 이렇게 대답했다.

내가 아직 살아 있어서 우리 딸이 안심했지.

처음 몇 번은 그 말을 들었을 때 놀란 척했다. 그러다 나중에는 우리도 똑같이 그 말을 읊었다.

우린 테레자가 약간 이상한 사람이며 우리와 같은 부류라는 데 동의했다.

평행선을 그리는 둘의 삶

마누는 형과 통화하며 우리가 집을 알아보고 다닌 여러 동네의 차이점을 이야기하는 중이었다.

형도 와서 보면 알 거야. 마누는 그 비슷한 말을 했던 것 같다. 난 마누가 하는 말을 전부 알아듣지는 못했지만, 말투를 들으면 누구와 통화 중인지 알 수 있었다. 형과 통화할 때의 말투는 지나치게 열정적이었고 애를 많이 썼다. 내가 지켜보는 것을 알아챈 마누는 마치 내게 부끄러운 모습이라도 들켰다는 듯이 욕실로 들어가버렸다.

　마누는 종종 형과 어릴 때 했던 일, 함께 좋아하고 싫어했던 것, 함께 했던 모험을 이야기해주곤 했다. 대학에 다닐 때는 자신이 목격한 온갖 새롭고 신기한 일을 형에게 전부 전해주었다. 그의 마음은 여전히 고향에 뿌리내리고 있었다. 마누와 내가 졸업하고 우리만의 특별한 이야기를 만들어나갈 무렵 그의 형은 결혼을 했고 몇 년에 걸쳐 세 아이를 낳았다.

　두 사람은 각자 다른 길을 걸어가며 완전히 갈라지게 되었다. 오랜 시간이 쌓여 그렇게 되었으나 마치 순식간의 일처럼 보였다. 마누의 형은 우리가 사는 도시에 와본 적이 없었다. 그에게는 그럴 시간도, 경제적 여유도 없었다. 앞으로도 형이 올 가능성은 전혀 없어 보였는데도 마누는 형에게 자신이 겪은 일을 들려주며 늘 이렇게 덧붙였다. 형도 와서 보면 알 거야.

　마누의 고향을 방문했을 때 우린 형네 가족과 함께 시간을 보냈다. 조카들과 몇 시간 동안 놀아주고 선물도 주었지만 늘 우리가 뭔가를 숨긴다는 죄책감을 느꼈다. 우리의 삶이 그들과 얼마나 다른지 감추려는 데서 비롯된 죄책감이었다. 형과 통화할 때 마누의 말투에서 들렸던 긴장감은 노력이기도 했다. 여전히 형제의 학창 시절 추억과 서사의 일부로 보이려는 노력.

인류학

대학 2학년 여름, 난 인류학 현지 조사차 마누의 고향으로 여행을 갔다. 우린 사귄 지 몇 달 된 사이였고 사귄 뒤로는 떨어져 지내는 건 상상조차 할 수 없었다. 비록 서로의 모국어는 한마디도 몰랐지만 서로가 곧 모국이었다.

당시 난 인류학을 공부하는 중이었는데 이 여행은 우리가 여름을 함께 보낼 수 있는 가장 쉬운 방법인 듯했다. 현지 조사를 위해 난 매일 마누의 부모님 집에서 버스를 타고 국제단체로 갔다. 거기서 동네 아이들과 놀아주고, 차를 끓이고, 서류를 정리했다. 그 외에는 센터로 매일 놀러 오는 동네 사람들과 함께 안뜰에 앉아 있곤 했다. 마누도 나와 같은 단체에서 인턴으로 일했다. 단체의 지출 내역을 차트로 만들고, 우리 단체의 기부금을 통해 지역 사회가 어떤 혜택을 얻었는지 보여줄 방법을 찾는 게 그의 일이었다.

저녁이 되면 마누의 형이 차로 우리를 태우러 와서 동네 외곽의 볼링장이 있는 술집으로 데려갔다.

난 논문 작성을 위해 매일 관찰한 것을 기록해야 했지만 관찰 대상들은 실망스러운 정도는 아니어도 별다른 설명이 필요 없을 정도로 평범했다. 몇 번의 인류학 수업을 듣고 나는 친족 구조, 증여의 관습, 의식, 의복, 성스러운 것과 세속적인 것의 개념 같은 구체적 사례를 현장에서 직접 관찰할 생각으로 마누의 고향에 간 것이었다. 하지만 이런 사례들이 수집

가능한 수준으로 매일 명확하게 드러날 리가 없었다. 내 연구 대상은 초라한 마을의 평범한 삶이었으니까. 이곳에서는 오후 간식으로 환타와 눅눅한 바닐라 케이크를 먹었다. 센터에 오는 아이들은 운동화를 신었고, 핸드폰을 가지고 다녔으며, 세계 어디서나 듣는 팝송을 들었다.

대학 4학년 때 한 인류학 교수님은 강의가 끝날 때마다 우리의 관심을 내면으로 돌리도록 이끌었다. 그녀는 나이보다 훨씬 더 시들어 보였고 늘 세상사로 고민하는 듯했다. 하지만 난 그런 모습 때문에 오히려 교수님의 가르침을 진지하게 받아들이고 싶어졌다. 그녀는 우리에게 **평범한 일상**-논문을 쓰고, 파티에 가고, 취업 준비를 하는 것-에도 수업에서 배웠던 구조를 늘 적용할 수 있다는 사실을 잊지 말라고 했다. 금요일 밤 술에 취해 정신을 잃는 일이며 졸업식, 하키 게임, 도서관 앞에서 서로 담배를 빌려 피우는 일에도. 이 모든 활동은 사회를 구성하는 무언의 기반이었다. 우리는 그 사회의 규칙을 너무도 잘 익힌 나머지 규칙으로 여기지 않고 삶의 자연스러운 궤도로 받아들였다. 때때로 교수님은 우리가 삶을 꾸려가며 만들어낸 루틴을 인류학자가 관찰한다고 상상해보라고 했다. 루틴은 임의적일 수도 있고 필수적일 수도 있지만 결국에는 게임의 규칙이었다. 조화와 지속성을 보장하는 듯한 착각을 주는 규칙.

교수님이 처음으로 가상의 인류학자를 상상해보라고 했을

때 난 사파리 복장을 한 자그마한 화성인이 이젤 형태의 종이 메모판 앞에 서서 기록하는 모습을 떠올렸다. 우스꽝스러운 이미지긴 해도 교수님이 전달하고 싶었던 메시지는 단번에 이해됐다.

대학을 졸업한 후에도 나는 인류학자의 눈으로 일상을 관찰하곤 했다. 사소한 상호작용도 이야기로 풀어내기 위해 인류학자의 관점을 되새겼다. 복잡하게 얽힌 논쟁의 층을 분석하려고 할 때, 영상을 편집할 때, 특별한 행사에 가려고 옷을 차려입을 때마다 나는 인류학자의 관점을 떠올려 여기저기로 이동하며 살아가는 우리의 삶을 살펴보았다. 어디에서도 우린 현지인이 아니었다. 만약 인류학자에게 마누와 날 하나의 독립된 부족으로 연구해달라고 부탁하면 메모판에 뭐라고 기록할까? 고향, 언어, 관습에 뿌리를 둔 생활 방식을 파악하도록 훈련받은 인류학자라면 우리처럼 공유하는 모국어도 없고, 종교도 없고, 복잡한 가족관계와 한곳에 정착하려는 가족의 의무도 없이 임시로 마련한 집에 사는 삶에서 무엇에 주목할까? 우리의 의식과 가족관계는 무엇이며, 성스러운 것과 세속적인 것의 개념을 구성하는 상징은 무엇이라고 정의할까?

종종 우리의 삶이 비현실적으로 느껴졌기 때문에, 난 그런 느낌을 없애려고 인류학자의 관점을 활용했다.

현장 조사

공원에는 얼마나 자주 오나요?
　공원에서 특히 좋아하는 장소가 있나요?
　여기서 뭘 하나요?
　여기서 뭘 하지 않나요?
　공원에서 하는 나만의 특별한 의식이 있나요?
　공원과 연관된 추억이 있나요?
　공원에 자주 오는 사람을 한 명이라도 알아볼 수 있나요?
　공원에 오는 이유가 혼자 있기 위해서인가요, 아니면 외로움을 덜기 위해서인가요?

의리의 개념

집을 알아보고 다닌 지 몇 달 지났을 때 고향에서 아빠가 왔다. 아빠는 우리 집이 아닌 호텔에 묵을 예정이었다. 예전에 우리 집에서 묵었을 때 이 집의 모든 것이 작다고 느꼈던 게 틀림없었다. 2인용 소파, 좁아터진 샤워실, 손님용 침대. 비용이 부담이 될 터였지만 그 나이쯤 되면 포기할 수 없는 것들이 있는 법이다.
　첫째 날 아침, 호텔 앞에서 아빠를 만났다. 아침 일찍 비가 내렸고 난 트렌치코트를 입고 있었다.

이야, 너 이제 이 나라 사람 다 됐구나. 아빠가 말했다. 난 지나치게 차려입은 사람처럼 민망해졌다. 가족에게 낯선 사람으로 보일지 모른다는 오래된 두려움이 있었기 때문이다.

우린 박물관에 가기로 했고 난 일부러 길을 돌아 활기찬 쇼핑가를 지나갔다. 아빠는 걸음을 멈추고 쇼윈도에 진열된 옷을 바라보았다. 코듀로이 팬츠, 카디건, 페도라. 물방울무늬 손수건까지. 모두 품위 있어 보였다. 코트 가격을 보더니 아빠가 길게 휘파람을 불었다.

미친놈들. 날강도가 따로 없구나. 아빠가 말했다.

박물관을 구경한 뒤 우리는 버스를 타고 관광객이 자주 찾는 광장으로 갔다. 아빠는 제대로 된 여행이라면 대표적인 관광 명소를 들러야 한다고 믿었다. 마누와 나는 평소 이런 곳은 가지 않는다고, 다른 동네를 보여주고 싶다고 말했지만 아빠는 내 의견을 무시했다. 그래서 이 도시에 여러 번 왔는데도 아빠는 우리의 평범한 일상은 전혀 알지 못했다. 우리가 주말마다 장을 보는 시장이나 자주 찾는 카페, 주말 아침마다 책을 읽으러 가는, 양쪽에 가로수가 늘어선 광장에도 가 본 적이 없었다.

아빠는 라비를 만난 적도 없었다. 둘이 만나서 무슨 얘기를 하겠는가. 아빠는 외국어로 대화하는 걸 불편해했다. 비록 마누와는 잘 지냈지만. 두 사람은 손짓과 웃음, 과장된 행동으로 간단한 대화를 나눴다. 아빠가 나와 둘이서만 이야기해도 마누는 전혀 기분 나빠 하지 않았다.

아빠를 라비에게 소개하지 않은 이유는 하나 더 있었다. 뭔가가 잘못될 것 같다는 막연한 불안감 때문이다. 둘 사이에 오해가 생기거나 서로에게 실망할 것 같은 불안감이었다. 라비에게 아빠를 보여주는 게 부끄럽다는 뜻은 아니었다. 오히려 그 반대로 아빠가 우리의 우정을 하찮게 여길까 걱정되었다.

아빠는 주변에 친구가 많았다. 특히 가족처럼 지내는 친구가 셋 있었는데 함께 여행을 가기도 했고, 축구 경기를 함께 보거나 카드 게임을 했고, 서로 병문안을 갔고 돈을 빌려주었다. 그중 한 분은 부모님이 처음으로 집을 장만할 때 큰돈을 빌려주기도 했다. 예정대로 돈을 갚지 못했음에도 두 분의 우정은 깨지지 않았다. 나중에 아빠는 빚에 시달리는 또 다른 친구에게 돈을 빌려주려고 차를 팔기도 했다. 그 일로 엄마는 큰 스트레스를 받았고, 이 문제는 부모님의 결혼 생활에서 끊임없는 갈등의 원인이 되었다. 최근 아빠의 그런 행동이 새삼 낯설게 느껴지기 시작했는데 그즈음 마누와 내가 대출금을 얼마나 갚을 수 있을지, 아니 대출을 받을 수나 있을지 고민하고 있었기 때문이다. 그런 고민을 하면서도 라비에게 손을 벌려야겠다는 생각은 한 적이 없었다. 설사 라비에게 돈이 많았다고 해도 마찬가지였다. 그건 비정상인 일이었고 우정이 깨질 수도 있었다. 반면 아빠 친구들은 큰돈 빌려주는 일을 술 한잔 사는 것처럼 쉽게 생각했다. 다들 경제적으로 그다지 넉넉하지 않았는데도.

어린 시절 내내 나는 아빠의 이런 친구 관계를 우정의 전형으로 여겼다. 나도 어른이 되면 무엇이든 부탁할 수 있는 나만의 친구들이 생길 거라고 상상했다. **인품이 훌륭한 사람들.** 아빠는 그런 표현을 썼다. 아빠는 진실성이 부족한 사람을 보면 **인품이 부족하다**고 혹평했다. 어릴 때는 아빠가 말하는 진실성이 뭔지 시간이 흐르면 알게 될 거라고 생각했지만 끝내 명확히 알 수 없었다. 난 아빠에게 친구들을 소개하기가 조심스러웠는데 혹시라도 아빠가 친구들의 인품이 부족하다고 말할까 걱정돼서였다.

아빠가 머무는 동안 저녁에 마누가 퇴근하면 우리는 아빠와 함께 다양한 종류의 고기를 파는 레스토랑에 갔다. 주문한 음식이 앞에 놓이자 아빠는 포크와 나이프로 음식을 찌르며 조심스럽게 살펴본 다음, 작게 잘라 천천히 먹었다. 아빠는 덩치가 컸고 식욕이 왕성해 평소에는 거의 씹지도 않고 삼킬 정도로 빨리 먹었다. 하지만 외국에 나오면 예의를 깍듯이 차렸다.

  저녁 식사가 끝난 뒤 우리는 아빠를 호텔까지 배웅했고 집으로 돌아와 형사 드라마를 봤다. 너무 어둡지도 너무 따뜻하지도 않은 분위기의 드라마로, 죄 없는 사람들이 실종되고 친절하지만 고뇌에 찬 형사가 등장했다. 이와 똑같은 설정의 드라마를 수십 편은 봤는데도 매번 두근거리는 마음으로, 그리고 선과 악이 뚜렷이 갈릴 거라는 안도감으로 새 드라마를 시작했다.

  드라마를 다 본 뒤에는 침대에서 마리화나를 피운 다음

불을 껐다.

　아빠가 즐거운 시간을 보내고 있을까? 어둠 속에서 내가 마누에게 물었다.

　그러실 거야. 네 생각은 어떤데?

　그랬으면 좋겠어.

　부모님이 방문할 때마다 느끼는 씁쓸한 기분에 대처하기 위해서는 우리가 충분히 노력하지 못했다는 사실, 그분들에게는 우리의 삶이 이상하게 보인다는 사실, 앞으로 이렇게 관광객처럼 함께 시간을 보낼 수밖에 없다는 사실을 받아들이는 게 최선이었다.

　여행 마지막 날, 마누는 함께 아침을 먹기 위해 출근을 두어 시간 늦췄다. 난 아빠가 여기 있는 동안 일을 전혀 할 수 없었다. 아빠를 만나는 횟수가 1년에 몇 번 안 되는데 그 기간에 일하는 건 무례한 짓 같았기 때문이다. 그렇기는 해도 얼른 일상으로 돌아가고 싶어서 안절부절못했고, 그런 마음에 죄책감이 들었다. 우린 흰 식탁보가 깔린 고급 카페에 가서 창가 자리에 앉았다.

　아빠는 내가 찍는 다큐멘터리에 대해 물었다. 아빠는 여기 묵는 내내 그 이야기를 한 번도 꺼내지 않았다. 중요한 주제를 묻는 즉시 우리가 서로의 삶에 얼마나 무지한지 드러나기 때문일 것이다. 그래서인지 늘 마지막 날, 마지막 식사를 할 때야 수박 겉핥기식으로 짚고 넘어갔다.

　난 아빠에게 공원에서 촬영한 초반 작업물에 대해 말했

고 아직 어떤 주제로 풀어낼지 고민하는 중이라고 덧붙였다.

왜 공원을 촬영하는 거냐? 아빠가 물었다. 너한테 의미 있는 일을 해야지. 그건 맞는 말이었고 난 덧붙일 말이 없었다.

마누가 화장실에 가자 아빠는 코트 안주머니에서 봉투를 하나 꺼내 내 배낭 쪽으로 내밀었다.

이게 뭐예요? 뭐 하시는 거예요? 내가 물었다.

새해 선물이다. 새해가 되려면 몇 달 남았는데도 아빠는 그렇게 말했다.

주실 필요 없어요. 도로 넣으세요.

너무 민망해서 봉투를 다시 아빠의 주머니 속으로 밀어넣는 시도조차 할 수 없었다. 봉투의 두께로 봐서 아빠에게 무리가 될 만한 금액이었다.

이 돈 잘 두었다가 나중에 여기 올 때 쓰면 어때요?

난 네 아빠야.

카페 앞에서 마누는 아빠를 껴안으며 작별 인사를 했다.

정말 특별한 시간이었어요. 꼭 또 오세요, 아버님. 마누가 말했다.

내가 이렇게 간단한 말도 하기 어려워한다는 사실을 아는 마누는 나 대신 그렇게 말해주곤 했다. 우리 부녀는 사랑해요 아빠, 나도 사랑한다, 같은 형식적인 애정 표현조차 한 적이 없었다. 그런 말은 외국인들이나 영화 속 부모와 자식 간에 하는 대화처럼 느껴졌다.

마누는 출근하기 위해 지하철이 있는 방향으로 걸어갔고,

난 공항으로 가기 위해 택시를 잡았다.

 올 필요 없다. 아빠는 그렇게 말했지만 그래도 내가 따라 가리라는 걸 알고 있었다. 공항에서 아빠는 내 볼에 키스했고, 보안 검색대를 다 통과할 때까지 기다리지 말라고 했다.

 그게 더 편해. 아빠가 어찌나 단호히 말하는지 내가 사실은 성가신 존재가 아닐까 싶을 정도였다.

공원에서

난 늘 여기, 언덕 꼭대기에 앉아요. 여기 앉으면 저 아래 호수, 회전목마, 공원 입구가 보이죠. 더 멀리 지하철역도 보여요. 늘 눈이 피곤한 내게 안과 의사는 먼 곳을 보라고 했어요. 우리 집에는 발코니가 없고 창밖으로는 길 건너 건물 말고는 아무것도 안 보여요. 눈이 둘러볼 만한 것이 많지 않죠. 난 늘 지평선과 하늘을 볼 수 있는 시골에서 살고 싶었어요. 하지만 시골에서 살아본 적이 없고, 앞으로도 없을 것 같아요. 결혼은 한 적 없지만 고양이는 많이 키우죠. 언제 사진을 보여줄게요. 아뇨, 고양이를 공원으로 데려오진 않아요. 녀석들은 집을 좋아해요. 아마 지금쯤 창가에 나란히 앉아 밖을 내다보고 있을 거예요.

현장 조사

우린 라비의 원룸 앞에서 그를 만나 함께 근처 광장으로 갔다. 우리가 와인 한 병을 사 갔고, 라비는 코르크스크루와 와인 잔을 가져왔다. 구멍가게에서 뭘 사 올지 물었더니 두 남자는 감자칩을 사 오라고 했다. 난 내 마음대로 후무스와 토마토, 견과류를 샀다. 라비와 마누는 너무 건강한 음식이라고 부담스러워했지만.

우린 광장으로 가서 분수대 계단 옆에 앉았다. 가을이 완연했기에 남은 햇빛과 온화한 날씨를 최대한 만끽하고 싶었다.

다들 오늘 하루 어땠어? 마누가 물었다.

좋았어. 특별한 일은 없었지만. 라비가 말했다.

그래도 뭔가 있을 텐데. 마누가 말했다.

정말 아무 일도 없었어.

그럼 아침으로 뭘 먹었어? 내가 물었다.

또 시작이다. 라비가 말했다.

아무래도 외할머니에게 배웠나 보다. 난 단지 사람들이 어떻게 사는지, 정말로 어떻게 사는지 알고 싶을 뿐이었다.

공원에서 사람들을 인터뷰하면서 나는 낯선 사람들의 루틴에 매료되었다. 그들이 사는 하루의 짜임새를 더 깊이 파고드는 질문을 하고 싶었다. 촬영을 계속하며 나 역시도 내 안에 오랫동안 잠재했던 감정을 표현하기 시작했다. 사람에게는 각자 정말 이상하고 고유하고 독특한 면이 있었다. 이런 고유함은 일상에서 가장 두드러졌다. 특별한 일보다는 지극히 평범한 일, 예를 들어 오늘 입을 옷을 고를 때의 취향이나 무엇을 먹는지, 여가 시간을 어떻게 보내는지에서. 이런 고유함이야말로 어떤 도덕적 이념보다 삶에서 방향을 잡아주는 나침반으로 보였다. 난 마누와 라비에게 그런 내 생각을 말했다.

음, 이상한 질문 해서 사람들과 멀어지지 않도록 해. 라비가 말했다.

마누는 내 말이 맞을지도 모른다고 했다. 그러더니 현자인 척 이렇게 덧붙였다.

사람은 다 다른 법이야.

모국어

마누와 나는 서로의 모국어에서 단어나 구절을 가르쳐주곤 했다. 다른 언어로 정확히 번역하기 어려운 단어, 그 언어뿐 아니라 그 언어를 사용하는 사람의 본질적 특성까지 부각시키는 단어들이었다. 이 단어들은 우리가 공유하는 언어의 일부가 되었고, 본래 사용되었던 문화적 맥락을 벗어나면서 의미가 더욱 풍부해졌다. 모국어의 어휘들은 상대의 여러 측면, 특히 세상을 바라보는 관점을 슬며시 드러냈다. 예를 들어 평소에 마누는 음흉한 행동을 싫어했는데 그가 어떤 단어를 가르쳐줄 때 그 반감을 다시 한번 확인할 수 있었다. 그 단어의 원래 뜻은 '몰래 먹다'였으나 뭔가를 몰래 하는 사람을 묘사할 때도 사용했다. 마누가 이 단어를 설명하는 순간, 난 막판에 가서야 자신의 계획을 알리는 라비의 행동에 마누가 예민하게 반응했던 이유를 이해했다. 이를테면 라비가 오늘 저녁에 데이트를 할 예정이라거나, 우리 셋 모두가 좋아하는 밴드의 콘서트에 혼자 간다고 말했을 때.

그러니까 라비의 행동에 이 단어를 쓸 수 있는 거야? 내가 물었다.

물론이지. 마누가 말했다.

서로의 모국어를 공유하는 일은 가족사를 공유하는 일과 약간 비슷했고, 만난 지 오랜 시간이 지났는데도 우린 계속 서로의 모국어를 가르쳐주었다.

가끔 마누는 엄마에게 청혼했던 남자의 이야기를 꺼냈다. 마누의 고향을 방문했던 그 남자는 훗날 세계적으로 유명한 대부호가 되었다. 마누의 엄마는 그 남자가 본인과 결혼하고 싶어 했다고 딱 한 번 말했다. 하지만 마누의 외할아버지가 결혼을 반대했고 그걸로 둘의 관계는 끝났다. 마누는 엄마가 이 남자를 사랑했는지, 아니면 그와 헤어져서 아쉬워했는지 끝내 알 수 없었다.

그렇게 오랜 세월이 흐른 뒤에 너한테 그 이야기를 한 걸 보면 분명 아쉬우셨을 거야. 내가 말했다. 어머님이 그 이야기를 꺼낸 건 당신이 다른 삶을 살 수도 있었다고 은연중에 말하고 싶어서가 아닐까? 아마 아버님과 사이가 좋지 않았을 때 그 이야기를 하셨을 거야.

자식들은 부모가 불행할 수도 있다는 사실을 절대 용납하지 않지. 내가 말했다. 부모라는 족쇄를 차기 전에는 자신만의 삶이 있는 한 인간이었다는 사실도.

너무 앞서 나가지는 말자, 내 말에 마누가 그렇게 대답했다.

육아

우리가 동네 카페에서 와인을 마시고 있을 때 한 관광객 가족이 들어왔다. 아빠와 엄마가 각각 아이를 한 명씩 안고 있었는데 다들 한바탕 울다 왔는지 진정하려고 애쓰는 모습이 보였다. 그들의 배낭에서는 여러 물건이 계속 나왔다. 플라스틱 용기, 휴지, 크레용. 작고 꼬질꼬질한 카디건. 곧 바닥에 감자튀김이 흩어졌고 아이들이 울어댔다.

맙소사. 악몽이다. 내가 마누에게 말했다.

완전 아수라장이네. 마누가 말했다.

저걸 휴가라고 할 수 있어? 내가 말했다.

내 말이. 어휴. 마누가 말했다.

그러더니 이렇게 덧붙였다. 우리도 어지간히 잘난 척한다.

마누는 이 대화를 비열하게 몰아가고 싶지 않은 듯했다. 그는 이런 장면, 즉 작은 인간과 그들의 탄생으로 인해 새롭게 재편된 삶의 방식을 약간은 연민의 눈으로 보았다. 우리와 우리의 자유롭고 부담 없는 날들 위를 맴도는 질문을 늘 가볍게 넘기지 않았다.

모국어

주위에 다른 사람이 없으면 우린 평소와 다르게 말했다. 혀 짧은 소리로 애교를 부리면서. 수년간 함께 지내며 둘만 아는 농담, 둘 사이에 형성된 캐릭터, 잘못된 발음에서 비롯된 표현이 생겼다. 우린 어떤 사전에서도 찾아볼 수 없는 단어로 서로에게 별명을 지어주었다. 그렇게 둘만의 언어를 갖게 되었다. 외국어로 이야기하는 두 사람이 아닌 둘만의 언어로 맺어진 결속체였다.

우리가 만화 속 캐릭터처럼 대화하는 걸 누군가에게 들켰다면 민망했을 것이다. 하지만 둘만 있을 때는 전혀 부끄럽지 않았다.

또한 우리 둘을 가리키는 명칭이 있었는데 바로 '한 쌍의 T'였다. 10년도 더 전에 우리가 만든 말로, 사랑에 빠진 두 사람을 의미했다. 약간 슬프고 약간 불행하며 늘 다소 서투른 데다 외로운 두 사람. 한 쌍의 T는 우리의 정체성을 나타내는 이름이었다. 다른 사람에게서 T의 특질을 발견할 때면 우린 깊은 애정을 느꼈고 같은 호칭을 붙였다.

구애

한동안 레나를 만나지 못했다. 불도그라고 부르는 남자를 사귀는 중이었기 때문이다. 레나에게 연애는 잘 돼가냐고 문자를 보냈더니 자신의 지루한 연애는 들을 가치가 없다는 시큰둥한 답장이 왔다. 난 레나가 그 남자가 아닌 날 밀어내는 걸로 받아들였다. 레나는 우리의 우정이 미치지 않는 영역에서 진짜 삶을 살고, 그 안에서 내가 이해할 수 없는 방식으로 완벽히 현지인의 삶을 살 거라는 느낌이 들었다. 레나와 그녀의 현지인 친구들은 무슨 농담을 할까? 금요일 밤에는 어디를 갈까? 무엇을 멋지다고 혹은 이상하다고 여길까? 특히 마지막 질문은 늘 머릿속에 맴돌았다. 우리 가족이 나를 낯설게 볼까 두렵듯이 이번에는 낯선 사람들이 나를 이상하게 볼까 두려웠다.

레나가 불도그와 헤어진 뒤에 나는 평소처럼 그녀가 일하는 카페에 가서 뒤쪽 테이블에 앉아 기다리며 공원에서 촬영할 장면을 적어나갔다. 사이프러스 나무가 우거진 숲, 해가 뜨는 호수. 난 주위 소리를 담으려고 노력할 것이다. 지금까지의 영상은 인터뷰로 이뤄졌는데 이젠 그들이 말한 일화를 뒷받침하는 배경을 담아내고 싶었다.

근무가 끝나자 레나는 주방에서 남은 음식을 가져왔다. 석류 샐러드, 양파 타르트, 우묵한 그릇에 담긴, 시금치를 곁들인 곡물, 바구니에 가득 담긴 빵이었다.

레나가 정신없이 먹는 동안 난 관심 없는 척하며 연애가 어땠는지 물었다. 레나는 불도그를 만나는 동안 통 못 먹은 듯했다.

그 남자는 지루해. 참을 수 없이 지루해. 레나가 말했다.

어땠길래?

그냥 빈둥거리면서 실없는 이야기만 하고 싶어 한다니까.

레나가 양파 타르트를 한입 베어 먹자 크러스트에 붙었던 양파가 실처럼 쭉 늘어났다. 그녀가 말했다. 소개해줄 남자 없어?

생각해볼게. 내가 말했다. 레나가 그런 부탁을 했다는 사실이 기분 좋았다. 비록 찾아보나 마나 주변에 소개해줄 만한 사람은 없었지만. 레나는 늘 내가 외국인과 너무 많은 시간을 보낸다고 놀렸고, 내가 만나는 외국인들이 거슬린다고 했다. 문득 라비가 떠올랐지만 마누와 난 라비가 사귀는 사람을 한 번도 본 적이 없었다. 라비가 스치듯 했던 말이나 며칠간 연락이 없는 걸로 보아 가끔씩 누군가를 만났나보다 짐작할 뿐이었다. 라비는 우리에게 누군가를 소개하겠다는 말을 꺼낸 적이 없었고, 난 라비가 프라이버시를 중요시한다고 느꼈다. 우리가 상대를 섣부르게 판단할까 봐, 혹은 그로 인해 우리 우정이 불필요하게 복잡해지는 걸 피하고 싶어서였으리라. 마누와 나도 그편이 더 좋았던 것 같다. 친구의 관심을 온전히 차지할 수 있었고 배타적 친밀감을 느꼈으니까. 우린 떼려야 뗄 수 없는 삼총사였다. 게다가 레나가 라비와 함께 있는 걸 좋아할 것 같지 않았다. 우리가 라비와 만나서 했던 일이라고는 빈둥거리며 실없는 소리나 하는 게 전부였으니까.

집단적 서사

대학 다닐 때 또 다른 인류학 교수님의 수업을 들은 적 있는데 당시 그 교수님은 논란의 인물이었다. 나 역시 이 교수님을 별로 좋아하지 않았다. 아마 그다지 좋은 성적을 받지 못했기 때문일 것이다. 교수님은 외딴 산골 마을을 연구하는 데 경력을 다 바쳤다. 그 마을의 구조, 즉 친족 관계, 경제, 권력 역학이 교수님 연구 주제의 전부였다. 그런데 그 마을의 어떤 여자가 동족이 겪는 어려움을 주제로 자서전을 써서 아주 유명해졌다. 자서전의 내용은 마을의 빈곤과 위험, 마을 사람들이 그 나라의 지배 계층과 다른 민족이라는 이유로 정부에게 외면받는 현실에 관한 가슴 아픈 이야기였다. 그녀 덕분에 마을은 세상의 주목을 받았다. 어떤 인류학자도 결코 해낼 수 없을 정도로. 그녀는 토크쇼와 라디오에 출연해 동족의 삶에 대해 이야기했다. 그러다 우연히 교수님이 그녀의 말이 전부 사실은 아님을 알게 되었다. 그녀가 언급한 어려움은 분명 사실이었으나 정작 그녀는 마을의 엘리트에 속했고, 자서전에 묘사되었던 빈곤과 부당한 일도 직접 겪지 않았다. 학기 중에 교수님은 그녀가 이야기를 부풀렸고 여러 사람의 경험담을 짜깁기했다고 폭로하는 칼럼을 기고했다.

난 그 상황이 짜증스러웠다. 여자의 정체를 폭로한 교수님의 행동이 탐욕스럽다고 생각했다. 마침내 외딴 마을이 힘들게 얻어낸 관심을 다시 떨어뜨리는 속 좁은 행동이라 생각했다. 당시 마누와 난 이 일로 논쟁을 벌이곤 했다. 마누는 결과가 어찌 되든 진실을 밝히는 것이 학자로서 교수의 책임이라고 말했다. 난 그 말에 훌륭하게 반박하지 못했지만 동의는 하지 않았다. 동족의 이야기를 엮어서 자서전을 만들어낸 것이 그렇게 파렴치한 일은 아니라고 내심 생각했다.

하지만 시간이 흘러 도시에 정착한 뒤로는 내 생각에 확신이 없어졌다. 그렇다고 해서 마누의 의견에 동의한다는 뜻은 아니었다. 그보다는 그녀가 다양한 이야기를 일반화한 과정에 불신이 생겼다. 내가 개인의 정체성이 지워진 단순화된 삶에 지쳤기 때문이다. 마누와 내가 아는 대부분의 사람에게 우리는 그저 국적, 억양, 직업으로만 정의되었고 난 특정한 존재가 되고 싶었다.

사회와 자연

해가 뜬 직후에 집을 나서 아직 안개가 나직이 깔려 있을 때 공원에 도착했다. 이렇게 이른 시간의 공원은 처음이었다. 맑은 햇살 속에서 10월 말의 알록달록한 색깔이 선명하게 빛났다. 우듬지에서 새소리가 울려 퍼졌고 오리 떼가 호수 표면을 따라 미끄러지듯 나아갔다. 차갑고 단단한 팔다리의 러너들은 달리기에 완전히 집중한 모습이었다. 그러니까 매일 아침 내가 집에서 커피를 마시는 동안 여기서는 이런 일이 벌어지고 있었다. 그 시간 공원에 있는 사람들은, 사람뿐 아니라 동물까지도 같은 부족이거나 비밀 모임의 일원 같았다. 난 삼각대 위에 카메라를 설치하고 이슬 맺힌 잔디, 새소리와 발소리로 깨지는 정적을 촬영했다. 멀리서 도시의 소음이 희미하게 들렸다.

그날 저녁을 먹으며 마누에게 아침마다 공원에 가는 습관을 들이자고 말했다.

좋지. 매일은 못 가더라도. 마누가 말했다.

난 불안한 마음에 늘 우리만의 루틴을 만들려고 했다. 한번은 이제부터 콩팥, 간, 내장 같은 다양한 부위를 먹겠다고 선언하기도 했다. 지나치게 깨끗한 우리 몸에는 낯선 재료지만, 조상들이 누렸던 건강상의 이점을 얻기 위해서였다. 또 한번은 매일 아침 서로에게 간밤에 꾼 꿈을 이야기하며 무의식 세계를 공유해야 한다고 우기기도 했다.

마누는 나보다 침착했고 상황을 부정적으로 해석하는 경향이 덜했다.

촬영이 재미있다니 잘됐네. 마누가 말했다.

정체성 연출

동네에서 자주 보는 여자가 있는데 우린 그녀를 위대한 여인이라 불렀다. 영화감독인 그녀는 세상의 조연들과 몽상가들의 수호성인이었으며, 그다지 현실적이지 못한 사람들 사이에서 독실한 추종자를 거느렸다. 유머와 위트로 삶을 묘사할 줄 알고 사람들 마음을 사로잡는 법도 알았다.

아침에 집에서 몇 블록 떨어진 카페테라스에서 위대한 여인을 몇 번 본 적이 있었다. 그녀는 사람들이 지나다니는 인도 쪽에 앉아 태양을 향해 얼굴을 들고 있었다. 그녀가 주문한 커피 옆에는 책 몇 권과 신문 그리고 빵, 버터, 잼이 놓인 접시가 있었다. 난 늘 그녀를 자세히 보려고 걸음을 늦췄고, 삼투 작용 같은 현상이 일어나 그녀의 영혼이 내게 자연스럽게 스며들기를 바랐다.

또 어떤 날은 공원에서 위대한 여인을 봤는데 이번에도 그녀는 태양을 향해 얼굴을 들어 올리고 있었다. 바짓단을 걷어 올린 채 주변 의자를 끌어와 왕좌를 만든 다음, 그 위에 팔다리를 쭉 뻗고 있었다. 위대한 여인은 태양을 좋아했고 느긋한 여유를 즐겼다.

저녁이 되면 위대한 여인은 아침에 책과 커피를 즐겼던 카페에서 이번에는 바에 앉아 칵테일을 마셨고, 자신을 둘러싼 많은 사람과 이야기를 나눴다.

한번은 라비와 마누, 내가 바의 반대편 끝에 앉아 와인 한 피처를 나눠 마시며 그 장면을 지켜보게 되었다. 마누는 위대한 여인을 은근히 비꼬는 말을 쏟아냈는데 왕처럼 당당한 태도, 술을 늘 곁에 두는 모습, 퉁명스러운 언행을 지적했다. 한번은 위대한 여인이 자신의 말을 자른 남자에게 매우 무례하게 행동했다.

나 말 좀 합시다. 우리가 그녀를 바라보고 있다는 걸 의식하며 그녀가 천천히 말했다.

저 여자는 즐기고 있어. 저건 다 연기라고. 마누가 말했다.

라비와 난 위대한 여인을 계속 우러러보았다. 그녀의 자신감에 감탄했다. 심지어 참을성이 부족한 점까지도. 너무 많은 사람이 그녀의 말을 자르니 더는 참을 수가 없어서 저러는 게 분명하다고 두둔했다.

참아야 할 이유가 없잖아? 라비가 말했다.

저렇게 살아야 해. 내가 맞장구쳤다. 하지만 확신이 서지 않았다. 위대한 여인은 자신을 억압하고 일과 삶에 대한 사랑을 가로막는 모든 것에서 벗어난 듯했다. 하지만 그러고 나니 주위에는 낯선 아첨꾼들만 남았는데 그들마저도 그녀의 신경을 거스르는 듯했다.

위대한 여인은 세 번 결혼하고 세 번 이혼했다. 내가 그 사실을 아는 건 라비와 함께 인터넷에서 그녀의 개인사를 모조리 알아냈기 때문이다. 위대한 여인의 젊은 시절 사진도 찾아냈는데 사진 속 그녀는 당차고 지적이었다. 그로 인해 미모가 가려질 정도로. 몇 년 전 위대한 여인은 예술가, 요리사, 사교계 명사, 비둘기 모이 주는 사람 등 여성들에 대한 다큐멘터리를 찍었다. 촬영 장소는 그들의 침실, 작업실, 거리였다. 난 이 다큐멘터리를 아주 좋아했다. 거기 담긴 유머와 고집, 여성의 광기를 미화하지 않는 방식이 마음에 들었다. 그 다큐멘터리에는 그들의 집에 어지럽게 널린 물건들을 보여주는 장면, 노동으로 거칠어진 손을 서서히 보여주는 장면, 여러 행으로 쓰인 시처럼 주름이 새겨진 얼굴을 보여주는 장면이 등장했다. 화면 속에서 여성들은 현실에서 박탈당했을지 모를 존엄성을 되찾았다. 나는 그 다큐멘터리가 위대한 여인의 자화상이라고 생각했다. 그녀가 가치 있다고 여긴 것들 그리고 자신이 어떻게 보이고 싶은지가 담긴 콜라주라고.

선물 교환

어떤 면에서는 라비 역시 자화상 전문가였다. 더 정확히 말하면 물건을 통해 자신을 표현하는 데 탁월했다. 주말이 되면 라비는 도시 외곽에 있는 벼룩시장으로 향했다. 이 시장은 작고 황량한 공원에서 시작해 몇 킬로미터 이어졌는데 샛길을 따라 작은 가판대가 줄줄이 설치되었다. 라비는 아침 일찍 큰 주머니가 달린 겉옷을 입고 시장에 도착했다. 겉옷 안에는 조끼를 입었는데 조끼 역시 주머니가 여러 개 달렸다. 사냥이 끝날 무렵이면 주머니는 빛바랜 사진, 작고 묵직한 물건, 나무와 황동, 가죽으로 만든 도구, 낡은 노트나 사진틀로 가득 찰 것이다. 라비는 침대 위쪽 선반에 빈 액자와 함께 공책을 엽서처럼 세워두었다. 그는 이렇게 비실용적이지만 시적인 물건을 사랑했다.

우리는 주말 오후에 라비를 만났다. 나이 많은 단골들이 고정으로 찾아오는 술집에서. 라비는 우리에게 보여주려고 끈적한 테이블에 자신이 찾아낸 물건을 올려놓았다. 그 술집은 라비가 골랐는데 그는 단골이 많고 퇴락한 정취가 느껴지는 곳을 좋아했다. 일단 라비의 설명을 듣고 나면 금세 그 물건의 매력을 이해하게 되었다. 처음에는 우리 눈에 들어오지도 않고, 전혀 매력적으로 느껴지지 않는 물건이었는데도.

이 술집에 마실 것이라고는 긁힌 자국이 있는 사기 항아리에 담겨 나오는 하우스 와인뿐이었다. 와인이 한 잔 들어가면 라비는 손에 동전을 쥔 채 담배를 구하러 돌아다녔다. 단골들은 그런 라비에게 담배를 돈 받고 팔지 않는다며 형제애의 징표로 하나 주겠다고 했다.

라비는 일요일 밤이면 담배를 끊었다가 수요일이 되면 다시 담배를 구하러 돌아다녔다. 다시는 담배 피우지 않겠다고 맹세하지 않았냐고 놀리면 라비는 자신은 그런 말을 한 적이 없다고 잡아뗐다. 원하면 언제라도 담배를 끊을 수 있지만 지금은 자신에게서 이런 즐거움을 빼앗고 싶지 않다고 능청스럽게 대꾸했다.

마누와 난 라비에게 담배를 끊으라고 강요하지 않았다. 영구적인 규칙을 정하기 전 실험적으로 살아보는 즐거움에 공감했기 때문이다. 그래도 우린 집을 사기로 굳게 마음먹었다.

친밀감

레나가 치과에 갈 예정이라며 나더러 데리러 와줄 수 있는지 물었다. 이를 닦다가 잇몸에서 혹을 발견해 며칠간 혀로 그 자리를 쓸어보고 손으로도 만지며 사라지길 바랐지만 결국 치과에 가기로 한 것이다. 검사 결과 양성 종양이었고 간단한 수술을 받아야 했지만 레나는 수술 후에 혼자서 집에 갈 수 없을까 봐 걱정했다.

혹시라도 정신이 혼미할지 몰라서. 번거로운 부탁인 거 알아. 레나가 말했다.

당연히 가야지. 너 혼자 집에 갈 순 없어. 내가 말했다.

난 레나의 다른 친구를 한 번도 만난 적이 없었다. 레나가 친구들을 말할 때마다 귀를 쫑긋 세우며 현지인의 삶에서 우리의 우정이 어디쯤 위치하는지 가늠하려고 애쓰긴 했지만. 처음 레나를 만났을 때는 이미 완성된 자신만의 삶을 사는 레나가 내게 자리를 내어줬다는 사실이 고마웠다. 동시에 가끔은 레나에게 가까운 친구는 나뿐이며, 그녀의 일상에 특별히 신경 쓰는 사람이나 다른 유대 관계가 없다는 느낌이 들기도 했다. 하지만 우리가 알게 된 지 얼마 안 됐는데 어떻게 내가 레나의 가장 친한 친구일 수 있을까? 난 떠난 지 오래됐는데도 아직 고향에 갈 때마다 모든 친구를 다 만날 수 없어서 고향 집에 왔다는 사실을 숨겨야 했다. 어쩌면 레나는 함께 시간을 보낸 모든 사람에게 상대와 아주 친하다는 인상을 주는지도 몰랐다.

어쨌든 난 레나가 그런 부탁을 했다는 사실에 놀랐다. 레나의 수술 날, 난 샌드위치와 주스 한 병, 페이스트리를 샀고 향이 좋은 비누와 함께 쇼핑백에 담았다. 레나는 수술이 끝나는 시간에 딱 맞춰서 자신을 데리러 오라고 신신당부한 터였다. 하지만 막상 수술이 끝나자 레나는 집에 데려다줄 필요 없다고, 자신은 지하철을 타고 갈 테니 넌 그냥 집에 가라고 거듭 말했다. 난 이미 택시를 불러둔 상태였다.

난 정말 괜찮아. 레나는 그렇게 말했지만 그녀가 불안해하는 걸 알 수 있었다. 붕대 너머로 보이는 그녀의 큰 눈은 아무런 감정도 드러내지 않았다.

집 앞에 도착했을 때 레나는 내게 함께 올라가자고 하지 않았다. 간식이 든 쇼핑백도 받지 않았다.

마누한테 줘. 레나가 말했다.

난 레나에게 괜찮다고, 널 도울 수 있어서 행복했다고 말하고 싶었다. 레나가 내게 부탁하는 일이 더 자주 있었으면 좋겠다. 누군가의 삶에 내가 필요한 존재라는 느낌, 그것이야말로 내가 어떤 장소에 뿌리내린다고 상상했을 때 떠올렸던 감정이었다.

데려다줘서 고마워. 하루를 낭비하게 해서 미안해. 레나가 말했다.

노동 분담

할머니는 요즘 배뇨 조절 능력이 약해져 밤마다 오줌을 흘리며 화장실로 급히 달려갔다. 엄마는 아침마다 복도에 떨어진 오줌을 비누로 닦아내고 출근하느라 짜증이 난다고 말했다. 할머니는 기저귀를 차지 않겠다고 고집을 부렸다. 아파서 누워 있는 것도 아니고 노망이 난 것도 아닌데 왜 기저귀를 차야 하냐는 것이다. 설사 그로 인해 엄마가 아침마다 바닥을 청소해야 한다고 해도. 할머니는 몸이 예전으로 돌아가기를 기다리는 것이 틀림없었다. 노화는 결코 되돌릴 수 없다는 사실을 인정하지 않는 것이다.

난 엄마를 생각하면 화가 났고 할머니를 생각하면 슬펐다. 할머니에게 왜 기저귀를 차지 않냐고 따지는 대신 젊은 시절 이야기를 해달라고 했다.

또래 중에서 내가 제일 예뻤단다. 할머니는 이야기를 시작했다. 내 허리는 겨우 53센티미터였지.

마지막으로 할머니를 찾아뵌 지 몇 달이 지났다. 그때 마누와 난 고향에 일주일간 머물렀지만 할머니와 제대로 시간을 보내지 못했다. 마누와 가족들이 나누는 대화에 할머니는 잘 끼지 못했다. 매번 할머니에게 통역해주기가 힘들었기 때문이다. 할머니는 테이블 상석에 앉았지만 대화에서 밀려나 다른 식구들이 이야기하는 동안 침묵을 지켰다. 자존심이 세서 대화에 끼어들지 않은 채 분한 마음으로 가족들이 대화에 끼워주기를 기다렸다. 다시 도시로 돌아와 할머니와 전화로 이야기할 수 있어서 다행이었다.

난 집에서 교육용 영상을 편집하는 목요일 아침마다 할머니에게 전화했다. 편집 일로 버는 돈은 너무 적어서 평일 외식비로 다 써버렸다. 우리 나름의 작은 사치였다. 우리의 또 다른 사치는 아침으로 페이스트리를 먹는 것, 일요일 오후 극장에 가는 것, 형사 드라마 두 편을 연달아 보는 것이었다. 때로는 편집 작업을 마친 뒤에 내가 신을 줄무늬 양말이나 반짝이 스타킹을 사기도 했다.

난 식탁에서 편집 작업을 할 준비를 마친 다음, 시간을 보며 엄마가 출근한 걸 확인하고 노트북 앞에 핸드폰을 세워놓았다. 할머니는 자신이 보는 드라마 줄거리와 먼 친척들 소식을 들려주었지만 실제와 허구의 플롯을 잘 구분하지 못했다. 그러더니 자신이 젊은 시절에 이룬 일들을 처음부터 차근차근 말했다. 가끔씩 내게 듣고 있냐고 물었고 내가 고개를 끄덕이면 할머니는 이렇게 말했다.

그럼 내가 말할 때는 날 보렴.

공원에서

난 점심시간마다 여기 와서 호숫가에 앉아 있어요. 빵집에서 산 샌드위치를 먹고 운동 삼아 공원을 산책하죠. 그렇지 않으면 온종일 책상 앞에만 앉아 있어요. 오래 앉아 있는 탓에 건강에 문제가 아주 많아요. 안 아픈 곳이 없죠. 공원에 오면 그나마 몸이 조금씩 풀리는 것 같아요. 바람에 흔들리는 나무처럼요. 여기 오면 기분이 달라져요. 하지만 다시 책상 앞으로 돌아가면 온몸이 뻣뻣해지죠.

유대의 원칙

우리가 집을 알아보고 다닌 지 석 달이 됐다. 난 시내에서 더 먼 곳까지 찾아봐야 하는 건 아닐지, 가본 적이 없는 작은 마을도 둘러봐야 할지 고민했다. 마침내 레나에게 우리가 집을 구하고 있다는 사실을 알리며 혹시 우리가 모르는 외곽 지역이 있는지 물었다.

이번 주말에 우리 엄마네 집으로 와. 레나가 말했다.

괴상한 초대였지만 레나가 자신에게 중요한 일에 있어서는 이상하게 군다는 사실을 차츰 알게 된 터였다. 부적절한 질문을 했다가는 레나가 방어적 태도를 보일 것이다.

우린 중앙역에서 열차를 탔고 한 시간 뒤에 작은 마을에 도착했다. 난 늘 레나가 도심에서 자랐을 거라고 생각했지만, 레나가 직접 그렇게 말한 적은 한 번도 없다는 걸 깨달았다. 내가 그렇게 생각했던 이유는 레나의 태도와 도시인 특유의 분위기 때문이었다.

메인 도로는 슈퍼마켓과 패스트푸드점이 뒤섞여 혼란스러웠고 십 대 아이들이 인도에서 놀고 있었다. 기차를 타고 오는 동안 레나는 초조해 보였다. 이 이야기를 했다가 저 이야기를 하며 산만한 태도를 보였고 내 대답을 듣는 둥 마는 둥 했다. 그러더니 기차에서 내려서는 급히 걸어갔고 난 레나를 따라잡으려고 서둘렀다.

레나를 알고 지내는 동안 그녀는 도시에서 느끼는 답답한 심정을 자주 말했는데 문득 내가 그걸 잘못 이해했음을 깨달았다. 레나는 여러 차례 도시에서 벗어나고 싶다고 말했고 난 그 말을 오만한 도시인의 마음으로 해석했다. 도시의 매력과 풍요를 실컷 누렸고 이젠 지겨워졌다는 뜻으로 받아들인 것이다. 사실 레나는 정반대의 말을 하고 있었다. 레나를 지치게 한 것은 그녀의 오만이 아니라 도시의 오만이었다.

레나의 엄마는 현관에서 우리를 맞이하며 껴안아 주었다. 이렇게 가족적인 분위기가 느껴지는 집을 방문한 지 정말 오랜만이었고, 난 그제야 선물을 가져오지 않은 걸 깨달았다. 내가 사과의 말을 웅얼거리자 레나의 엄마는 대수롭지 않다는 듯이 손사래를 쳤다.

식탁에는 접시에 잔뜩 쌓인 고추 튀김, 허브와 향신료가 들어간 요거트, 통닭 캐서롤이 차려져 있었다.

뭘 이렇게 많이 차렸어. 레나는 그렇게 말했지만 민망해하기보다는 기뻐한다는 걸 알 수 있었다.

레나의 엄마는 작고 통통했다. 웃는 얼굴은 활기로 가득했고 혈색이 좋았다. 반면 레나는 볼이 쏙 들어갔는데 난 그것이 도시인의 특징이라 생각했다. 그들의 야윈 체형은 자기 절제의 상징 같았다. 이제 보니 도시인스러운 레나의 모습은 그녀가 의도적으로 선택한 듯했다. 레나 엄마의 집에서는 레나의 다른 삶을 볼 수 있었다.

잔칫집 같네요. 내가 말했다.

기차 타고 언제든 오렴. 내일 오후엔 모두를 위해 양고기 요리를 할 거야. 레나의 엄마가 말했다.

모두는 우리 오빠들 말하는 거야. 레나가 설명했다.

너도 한 번은 와야지. 레나의 엄마가 말했다.

난 일하잖아요.

넌 밥도 못 먹으면서 모르는 사람에게 서빙이나 하는 게 대체 무슨 일인지 모르겠다.

우리가 사양하는데도 레나의 엄마는 우리 접시에 다시 음식을 덜어주었다.

우리가 집을 나서자 그녀는 다시 한번 말했다. 언제든 내가 오고 싶을 때 오라고.

딸의 친구면 내 딸이나 마찬가지야. 레나 엄마가 그렇게 말했고 난 울컥했다. 마누와 나의 선택이든 상황 때문이든 간에 오래전에 포기한 삶이었다. 많은 사람에게 딸이자 아들이 되는 삶, 미리 연락하지 않고도 찾아가 밥을 먹을 수 있는 삶.

역으로 걸어가는 길에 레나가 내게 물었다. 아직도 도시 외곽에서 살고 싶냐고.

넌 아마 시골 생활에 익숙하지 않을걸. 그녀가 빈정거렸다.

아니야. 정말 좋았어. 내가 말했다.

매혹의 형태

침대 머리맡에 놓인 청록색 그릇에는 허브와 나뭇가지를 빗자루 모양으로 단단히 묶은 다발이 가득 들어 있었다. 그 옆에는 촛대, 벼룩시장에서 찾아낸 광택 나는 작은 상자, 튤립 모양 램프가 있었다. 나는 신비로운 분위기를 자아내는, 이 작고 아름다운 물건들의 조합이 언제 봐도 좋았다. 아마도 이질적이기 때문일 것이다. 우리 둘이 자라면서 익숙해진 미적 취향에서 완전히 벗어난 물건들이었다.

대학 시절, 영적 정화를 위해 세이지를 태우고 외국에서 가져온 의례용 물품을 방에 가득 두고 지내는 친구들이 있었다. 그들은 개인이 집 앞마당에서 여는 중고 장터나 빈티지 숍에서 옷도 잘 골랐는데 마누나 내가 입으면 어색하게 보일 옷이었다. 우리에겐 그 옷을 소화할 만한 애티튜드, 즉 장난스럽고 당당한 자신감이 없었다. 그것은 그 자체로 하나의 언어였다.

잠자리에 들기 전 허브를 태울 때마다 마누는 이 의식이 우리와 어울리지 않는다는 부자연스러운 느낌을 떨쳐내려고 이런 농담을 던지곤 했다.

아예 나무를 태울까?

그냥 산불을 내자. 내가 대꾸했다.

우리가 서로를 이상하게 여기지 않는다는 사실은 큰 위안이었다.

조상

어느 일요일 오후, 우리는 도심 반대편에 있는 인류학 박물관에 갔다. 박물관은 어둡고 넓었다. 전시장에는 가면, 토템, 해골이 잔뜩 쌓여 있었다.

박물관에서 거대한 돌기둥 컬렉션을 보았는데 돌기둥에는 사람의 몸에 동물의 팔다리가 달린 아이들을 안고 있는 주술사들이 조각되어 있었다. 그들의 얼굴은 매우 이질적이었다. 내 삶에서 저런 표정을 지을 만한 경험이 도저히 떠오르지 않을 정도로.

마누는 신에게 재물을 바치는 연못 모형에 매료되었다. 연못 외에도 조개껍데기와 작은 조각상, 이교도 신을 표현한 대리석 조각상이 함께 전시되어 있었다. 연못 바깥쪽 가장자리에는 눈길을 사로잡는 색의 돌이 둘러져 있었다. 벨벳처럼 부드러운 검은색과 연초록색 돌, 붉은색 점이 무늬처럼 박힌 돌, 황토색 번개 모양이 선명하게 새겨진 돌. 이 아름다운 물건들이 땅에 묻혔던 이유는 겉으로 보이는 아름다움보다 보이지 않는 가치가 더 크다고 여겨졌기 때문이리라. 우리는 그 사실을 다시 한번 되새겼다.

관람을 마친 후에는 우리 동네까지 걸어가기로 했다. 겨울이 다가오면서 해가 점점 짧아진 탓에 주말에는 바깥에서 햇빛을 최대한 즐기고 싶었다. 도중에 냉장고에서 상해가는 채소가 많다는 사실이 떠올라 가볍게 간식만 사먹기로 했다.

우린 맥주와 오징어튀김을 주문했다.

오징어튀김을 마지막으로 먹은 게 언제인지 기억이 안 나. 예전에는 특별한 날에만 먹는 음식이라고 생각했어. 마누가 말했다.

우린 원하는 건 뭐든 할 수 있어. 내가 말했다.

우린 성인이야, 젠장. 마누가 말했다. 이건 우리가 자주 하는 말이었다.

젠장. 내가 맞장구쳤다.

젠장. 마누는 한 손으로 테이블을 내려쳤다.

마누에게 전시에서 무엇이 제일 좋았냐고 물었다.

마누는 제물로 바쳐진 타원형 돌이라고 망설임 없이 대답했다. 그 대답을 들으니 의식이라고는 거의 없는 우리 둘의 삶이 안타깝게 느껴졌다.

집으로 걸어가는 길에 나는 돌 하나를 주워 주머니에 넣었다.

테이블 매너

마누의 부모님이 오셨다. 손님용 침실에는 싱글 베드뿐이었는데도 두 분은 우리 집에 머물렀다. 마누와 난 두 분께 우리 방을 내드리고 비좁은 손님용 침대에서 함께 잤다.

두 분이 도착한 이튿날 아침, 난 일찍 일어나 빵집에 다녀왔다. 마누는 소시지를 만들 예정이었다. 우린 즐거운 분위기를 내려고 식탁에 양초를 놓아두었고 미리 사둔 패브릭 냅킨도 꺼냈다.

시부모님은 우리 삶에 난관이 끊이지 않는다며 늘 우리를 걱정했다. 난 우리가 즐겁게 잘 살고 있다는 걸 보여드리고 싶었다. 하지만 그런 결심에도 불구하고 몇 시간이 지나자 진이 빠졌다. 시어머니는 고작 아침 한 번 먹는데 냅킨 쓰는 건 낭비라면서 우리가 식탁에 앉기도 전에 냅킨을 치워버렸다. 식사가 끝나고 식탁을 치우는 동안 어머니는 오늘 저녁에 당신이 요리하겠다고 했다. 우리가 한 끼라도 제대로 된 식사를 할 수 있도록.

우리가 평소에 쓰레기라도 먹는다는 거예요? 마누가 말했다. 난 아무 말도 하지 않았다.

엄마는 그냥 너희들 생각해서 그러는 거야. 시아버지가 말했다.

두 분은 의견이 달라도 우리 앞에서는 한목소리를 냈다. 하지만 시어머니가 옷을 입으러 침실로 들어가자 시아버지가 내게 다가와 아침 식사가 아주 맛있었다고 말하며 내 기분이 상했는지 살피려 했다.

우린 두 분을 강변 산책로와 무료 시립 박물관으로 모시고 갔다. 시부모님은 비용을 걱정하셨기 때문에 우리의 목표는 돈을 쓰지 않고 시간을 보내는 것이었다. 그래야 두 분이 마음껏 즐길 수 있었다. 우리 아빠였다면 과시하듯 돈을 펑펑 썼으리라. 마치 돈이 없으면 부모로서 자격이 없다는 듯이. 아빠와 함께 있을 때는 오히려 아빠가 형편에 맞지 않게 소비할까 걱정이었다. 우리는 양쪽 부모님의 방문에 맞춰 그때그때 요구에 적응했고, 우리도 그분들과 별로 다르지 않다는 믿음을 주려고 노력했다.

시아버지는 내년에 은퇴할 예정이어서 밤마다 거실에 마누와 함께 앉아 노후 대비 계획을 검토했다. 어머니와 난 인테리어 잡지를 보며 서로 마음에 드는 것을 가리켰다. 잡지를 다 보고 손주 사진을 보더니 시어머니가 날 돌아보며 물었다.

너희도 곧이지?

난 못 알아듣는 척했다. 마누의 모국어를 그 정도는 알아들을 수 있었지만. 난 자리에서 일어나 차를 내오겠다고 했다. 시어머니는 마누를 돌아보더니 같은 질문을 반복했다. 마누는 어머니에게 뭐라고 웅얼거렸고 내게 통역해줬다. 우리끼리 아직 의논 중이라고.

맞지? 마누가 물었다.

나는 고개를 끄덕였지만 속으로는 화가 났다. 마누는 책임을 회피하려 했고 내 편이 아니었다. 내게 모든 책임을 다 떠넘기고 있었다. 마누와 말다툼할 일이 생기면 이 일을 다시 끄집어낼 것이다. 난 원래 불만을 잠깐 참는 건 잘했다. 그러다 어느 정도 쌓이면 싸움을 걸었다. 싸울 때마다 그동안 쌓아뒀던 불만을 줄줄이 읊어댔고, 마누는 그런 내게 깜짝 놀랐다. 난 상황이 전혀 변하지 않았다고 주장하며, 마누가 전에도 똑같은 방식으로 나를 화나게 했던 수많은 사례를 열거했다. 그럼 마누는 내가 상황을 너무 극단적으로 일반화해서 비현실적 결론에 도달한다고 반박했다.

하지만 이내 마누는 우리가 한 쌍의 T라는 사실을 상기시키며 이런 일로 싸울 필요가 없다고 말하곤 했다. 난 반박하지 못한 채 말을 멈추고 마지못해 마누를 안았다. 하지만 금세 마음이 누그러져 진심으로 꼭 안게 되었다.

시부모님이 떠나기 전날 저녁, 우리는 고기와 치즈를 사 왔고 식탁에 둘러앉아 이번 여행을 되돌아보았다. 그러다 잘 시간이 되자 어머니가 울음을 터뜨렸다. 우리 모두 어머니를 달래보려 했으나 어머니는 우리에게 그만 가보라고 손짓했다. 하지만 막상 우리가 돌아서자 우리의 등에 대고 너희들은 결코 엄마의 마음을 이해할 수 없다고 말했다.

The Anthropologists

두 분이 떠나는 날, 우리는 배웅을 마친 뒤 바닥을 닦고 청소기를 돌리고 시트를 갈고 우리 짐을 다시 침실로 옮겼다. 오후가 되자 마누는 와인 한 병을 따며 다시 예전의 일상으로 돌아갔음을 알렸다. 하지만 난 마누가 했던 아들 역할에 익숙해져서 곧바로 남편으로 받아들이기 힘들었다.

나이 먹는 것의 두려움

며칠 뒤 우린 늘 만나던 바에서 라비를 만났다. 맥주와 프렌치프라이 한 바구니를 함께 먹으면서 우린 부모님이 계시는 동안 긴장됐던 순간과 웃겼던 순간을 전부 말해주었다.

늙어가는 부모님을 지켜보는 건 힘들어. 우리 부모님도 해마다 조금씩 더 이상해져. 라비가 말했다.

마누는 자기 부모님은 아직 정신이 멀쩡하다고 주장했다. 부모님은 원래 좀 이상한 법이야. 부모님이잖아.

어느 시점이 되면 우리가 부모님께 맞추게 돼. 그때가 되면 우린 이미 늙었고 부모님은 더 늙었다는 사실을 알게 되지. 라비가 말했다.

문득 우린 라비의 가족에 대해 아무것도 모른다는 생각이 들었다. 라비 역시 우리에게 가족을 소개해준 적이 없었다. 아마도 나와 같은 불안, 즉 부모님이 우리의 우정을 탐탁지 않게 여길지도 모른다는 불안을 느꼈으리라. 아니면 그의 다른 모습들이 하나로 통합되는 것이 두려울 수도 있고.

난 라비에게 부모님이 오시면 뭘 하냐고 물었다.

뻔하지, 뭐. 부모님과 늘 하는 일들을 하지. 라비가 말했다.

그게 뭔데?

여기저기 돌아다니고, 밥 먹고, 서로 짜증 내고. 원치 않는 부모님의 조언을 적당히 넘기려고 노력해.

언제 한번 너희 부모님을 만나고 싶어. 내가 말했다.

그래. 라비가 그렇게 말했고, 이건 만날 가능성이 적다는 뜻이었다.

진심이야. 내가 말했다. 우리 가족들이 지금까지 서로 만난 적이 없다는 건 말이 안 돼.

마누는 맥주나 한 잔씩 더 마시자고 했다.

난 그에게 내일 출근해야 한다고 상기시켰다.

알아서 하겠지. 너무 참견하지 말자. 라비가 말했다.

네가 마시기 싫다면 안 마시고. 마누가 말했다.

난 그만 마실래. 내가 대답했다. 난 좀 더 어른스럽게 살아야 하지 않을까 생각하는 중이었다. 그래도 라비와 마누가 우리 셋의 관계에 여전히 충실하다는 사실이 기뻤다.

가까우면서도 먼

난 전화로 엄마에게 시부모님이 다녀간 일을 들려주었다. 그

과정에서 시부모님을 우스꽝스럽게, 늘 최악의 상황을 상상하는 분들로 묘사했다. 내 이야기에 엄마는 웃고 또 웃었다. 못된 며느리가 되려는 게 아니라 살가운 딸이 되고 싶어서였다. 내가 시댁 편이 아니라고 감정적으로 에둘러 말하는 의리의 표현이었다.

시어머니가 우리 대신 요리하겠다고 했던 일, 식사 전에 냅킨을 치워버린 일을 신나서 이야기했다. 엄마와 나는 깔깔 웃었지만 이번에는 내가 너무 지나쳤다는 기분이 들었다.

양가 가족은 예전에 두 번 만난 적이 있는데 한 번은 우리 결혼식에서, 또 한 번은 상견례 자리에서였다. 시어머니는 두 번 다 울었고 그때쯤에는 나도 그런 어머니에게 점차 익숙해져서 어머니를 압도한 감정, 걱정과 사랑이 뒤섞인 마음을 읽어낼 수 있었다. 하지만 우리 엄마는 당황해했다. 아마도 시어머니가 우는 이유, 그러니까 우리 부부가 틀림없이 여생을 가족과 떨어져 살게 되리라는 사실을 이해하다 보니 더 당황했으리라. 처음에는 그 슬픔을 그렇게 노골적으로 표현하는 사돈에게 반감이 생겼으리라.

이젠 엄마가 올 차례야. 내가 엄마에게 말했다.

마누에게 숨 돌릴 시간 좀 주자. 엄마가 말했다. 가끔씩 엄마는 마치 마누가 반은 어린아이고 반은 노인이라서 그 한계를 존중해줘야 한다는 듯이 말했다. 마누의 그런 모습은 우리 가족이 방문했을 때는 물론 내가 엄마에게 이야기한 몇 번의 말다툼에서도 나타났다. 심각한 말다툼이 아니었기 때문에 엄마에게 말할 수 있었다.

아시아, 마누의 인내심을 시험하지 마. 엄마가 말했다.

결혼이란 부부가 함께 추는 융통성 없으면서도 복잡한 춤이며, 선을 넘는 순간 조화가 깨진다는 엄마의 결혼관에 나는 맞장구를 쳤다. 그건 말도 안 되는 사랑관이라고, 마누와 내 관계는 단순한 예의범절 따위에 좌우되지 않는다는 말은 하지 않았다.

공원에서

대학 진학을 위해 이 도시로 이사 온 후부터 이곳에 오기 시작했어요. 내 친구들은 다들 돈이 많지 않았죠. 전부 외지에서 왔거든요. 수업이 끝나고 우리가 자주 가던 공원 옆 술집이 있었어요. 주인은 우리에게 반값으로 맥주를 팔았고 대신 우리는 맥주 통을 날라줬죠. 주말이면 공원에 모여서 카드 게임을 했어요. 요즘 학생들은 놀이 문화가 다양할 거예요. 그저 공원에 앉아 빈둥거리지는 않죠. 그래도 좋은 시절이었어요. 우린 관리인의 눈을 피해 정자 뒤, 덤불 옆에 앉았어요. 거기서 담배를 피우거나 그랬죠. 최근에는 그 친구들을 통 못 봤네요. 다들 직장을 얻었고 도시를 떠난 친구들도 있어요. 가끔은 나도 고향에 돌아갈까 생각해요. 가족이 전부 고향에 살거든요. 하지만 원래 한 번 이사하면 계속 거기 살게 되더라고요.

미래의 우리들

우린 북쪽 노선 끝에 있는 교외의 또 다른 집을 보러 갔다. 역 앞에는 청년들이 무리 지어 서서 담배를 피우고 있었다. 비닐에서 담배를 한 개비씩 꺼내 파는 청년들도 있었다. 내 모국어로 말하는 사람들도 있었지만 전혀 위안이 되지 않았다.

우리는 너무 붐비는 중심가를 빨리 지나려고 발걸음을 재촉했다. 그러다 모퉁이를 돌자 가로수와 석조 주택이 늘어선 거리가 나왔다.

우리 또래 부부인 집주인은 블랙베리 덤불이 터널을 이룬 정원으로 우릴 안내했다. 둘 다 건축가였다.

이 집은 우리에게 첫 아이와도 같아요. 남자가 그렇게 말하자 여자가 부른 배를 양손으로 감쌌다. 둘은 도심을 벗어나 농가로 이사할 계획이었고, 시간을 들여 그 집을 개조할 거라고 했다. 난 왠지 저들이 그렇게 말할 줄 알았다. 농가며 개조며 이젠 그만 도시를 떠날 거라고. 그 이유까지도 줄줄이 댈 수 있었다. 우리 아이는 자연에서 자라야 한다, 마음껏 뛰놀 공간이 있어야 한다, 세상과 조화를 이루고 나무와 꽃과 과일 이름을 아는 아이들과 함께 자라야 한다. 그런 다음에는 도시에서의 생활이 여유가 없고, 사람들과 단절되었으며, 스트레스가 심하다고 할 것이다. 진짜 이웃과 직접 기른 채소를 먹는, 다른 형태의 삶을 살고 싶다고 할 것이다. 내가 그걸 너무 잘 안다는 사실에 오히려 숨이 막혔다. 그런 내 예상은 비현실적인 듯하면서도 또 한편으로는 너무 현실적이었다. 마치 결국 우리 모두가 비슷한 삶을 살고, 똑같은 말로 그 삶을 묘사한다는 듯이. 조금만 집중하면 우리의 삶, 우리가 닮아갈 부류의 사람들도 예측할 수 있을 것 같았다. 무언가를 선택하고 그것이 가져올 미래를 그려보는 데는 어쩔 수 없이 불가피한 요소가 있었다. 결국 선택지에는 한계가 있기 때문이다. 하지만 지금은 이 문제를 너무 깊이 생각하고 싶지 않았다.

집 안 난로에서 장작이 타닥타닥 소리를 냈다. 개방형 거실과 주방에는 햇살이 여러 갈래로 비스듬히 가로질렀다. 식탁에는 초록색 유약을 바른 둥근 찻주전자와 작은 컵 두 개가 차분하고 즐거운 분위기를 자아냈다. 집을 보러 다닐 때마다 이런 소품을 일부러 놓아둔 것인지 궁금하지 않을 수 없었다.

부부는 이 집의 원래 모습을 최대한 보존했다고 설명했다. 테라코타 타일, 난로, 나무 골조. 이 집은 20세기에 지어진 노동자의 집이었고 이 지역 특유의 건축 양식을 지녔다고 했다. 이 지역은 한때 산업 중심지였으며 그 건축 양식은 도시 정체성을 형성하는 데 필수적인 요소였다고. 이 말도 역시나 전에 어디선가 들었던 기억이 나서, 마치 내가 그들 대신 이 집을 소개할 수도 있을 듯했다. 반면 역 부근에서 담배를 피우던

청년들의 집은 100년 후에도 오래된 아름다움을 간직했다며 소중히 여겨질 것 같지 않았다. 그 집의 매력과 위엄을 찬양하는 사람은 없으리라.

마누는 이 집의 한 달 난방비와 쓰레기 수거 비용을 물었다. 그 질문을 들으니 마누가 이 집을 구입할 생각이 없다는 걸 알 수 있었다. 군이 구체적인 질문을 함으로써 첫 아이와 같다는 이 집에 관심을 보이며 집주인에게 예의를 차리는 것뿐이었다. 떠날 때가 되자 마누는 그들에게 곧 연락하겠다고 했고 난 고개를 끄덕였다.

그 집을 나와 다른 거리로 걸어가자 그곳에도 오래된 집들이 비슷하게 줄지어 있었다. 젊은 커플, 특이한 품종의 개, 수공예품을 파는 작은 가게들도 보였다. 이곳은 모든 것이 역 부근과 달랐다. 비록 여기에서도 몇 블록 떨어진 거리에는 내 모국어를 말하는 사람들이 있었지만. 우리는 동네 술집을 발견했다. 마누는 커피를, 난 보드카 토닉을 주문했다.

아, 맞다. 마누는 그렇게 말하더니 보드카 토닉도 주문했다.

어땠어? 내가 물었다.

괜찮더라. 안 그래?

아주 괜찮지.

마루도 예쁘고, 채광도 좋고.

난 그 블랙베리 터널이 마음에 쏙 들어.

정원에서 아침을 먹을 수도 있어.

여름 내내.

그렇게 하고 싶어?

그런 거 같아.

우린 그 집은 아니라고 대놓고 말하기 전에 잠시 시간을 흘려보내는 중이었다. 이렇게 망설임 없이, 빠르면서도 분명하게 판단할 수 있다는 것은 언제든 축하할 일이었다. 마치 엄청나게 무거운 짐에서 벗어난 듯한 해방감마저 느껴졌다.

할머니의 관점

뭐라도 변화를 주고 싶었다. 그래서 날이 추워지자 파스닙, 당근, 호박을 넣어 채소 수프를 끓였고 쪽파와 딜이 들어간 빵도 한 덩어리 구웠다. 할머니에게 당신의 충고를 따라 집에서 허브를 키운다고 말했다. 당신이 손녀 부부에게 중요한 조언을 했다고 느끼는 것, 그건 할머니를 위해 내가 할 수 있는 몇 안 되는 일 중 하나였다.

할머니는 세상에 당신의 자취를 남기려고 분투하고 있었다. 평생을 다양한 방식으로 자취를 표시하려 했던 터였다. 소싯적에 대단한 미인이었다고 했는데 실제 사진보다는 할머니의 태도를 보면 그랬을 거라는 확신이 들었다. 사진 속 할머니는 다른 흑백 사진 속 사람들과 똑같아 보였다. 눈썹은 너무 가늘었고 머리카락은 구불구불했다. 하지만 할머니에게는 한때 아름다웠던 여자 특유의 태도가 있었다. 할머니의 몸짓과 말할 때 원을 그리는, 매니큐어를 바른 손가락, 억울함과 기쁨을 과장되게 표현하는 방식, 이 모두에 허영이 배어 있었다. 또 할머니는 똑똑하고 재능이 많았는데, 할머니의 고등학교 시절 이야기에 자주 등장하는 포인트였다. 할머니는 몰리에르 연극에서 주연을 맡아 신문에까지 실렸다. 시장에게 장미 꽃바구니를 받기도 했다. 그런 이야기를 듣고 있으면 할머니가 대단한 사람처럼 느껴졌다. 하지만 그러면서도 그 이야기의 전후 맥락이 보이는 건 어쩔 수 없었다. 아마 시장은 학교 측에 호의를 베푸는 셈 치고 연극을 보러 왔을 테고, 지방 신문은 딱히 기삿거리가 없어 연극에 대해 짤막하게 보도했으리라. 그렇기는 해도 이 사건은 할머니의 인생에 지대한 영향을 미쳤고 할머니의 인생관을 형성했다. 연극이 처음으로 공연되던 밤을 세세하게 설명하는 할머니를 보며 난 그 점을 잊지 않으려고 했다. 그래서 내가 할머니의 재능을 조금이라도 물려받았으면 좋겠다고 말했다.

말도 안 되는 소리! 당연히 넌 내 재능을 고스란히 물려받았지. 할머니가 응수했다.

매혹의 형태

처음으로 추워진 날, 레나와 함께 쇼핑을 했다.

우린 길쭉한 창문이 나 있고 바닥에 리놀륨이 깔린, 정육

점처럼 생긴 가게 앞에서 만났다. 안에는 고기 대신 낡은 스웨터가 쌓여 있었고, 행거에는 코트와 드레스가, 벽에 부착된 고리에는 모자와 가방이 걸려 있었다.

뭘 사려고? 내가 레나에게 물었다. 레나는 의미 없는 질문이라는 듯 어깨를 으쓱였다.

레나는 옷더미 사이를 걸어 다니며 한쪽 팔에 옷을 쌓아 올렸다. 나도 몇 개 고르긴 했지만 레나 앞에서는 흉내만 내는 기분이었다.

이거 받아. 녹색 벨벳 재킷을 건네며 레나가 말했다. 걷어 올린 소맷부리 아래로 슬쩍 드러난 실크 안감은 사프란색이었다.

난 기묘하면서도 아름다운 그 옷을 바라보았다.

이걸 내가 언제 입겠어? 내가 물었다.

레나는 약간 답답하다는 표정으로 날 바라봤다.

공식 석상에 설 때 입으면 되잖아. 그녀가 빈정거리듯 말했다.

그제야 깨달았다. 레나에게 쇼핑은 가벼운 놀이도, 실용적인 활동도 아니며 그저 상상력을 발휘하는 연습이라는 걸.

난 그 재킷을 샀고, 레나는 하이웨이스트 리넨 바지를 샀다. 사파리 여행에서 입을 법한 바지, 다시 말해 특정한 캐릭터를 떠올리게 하는 옷이었다. 난 레나가 연출하는 다양한 스타일과 세련된 감각에 계속 관심이 갔다. 아니나 다를까 가게를 나선 뒤 카페에 자리를 잡자 레나는 이런 바지를 보면 말

The Anthropologists

투에서 신비로운 매력이 느껴지던 짧은 머리의 여배우들이 떠오른다고 했다.

차를 마시며 우린 어릴 때 동경했던 여자들에 대해 이야기했다. 영화 속 캐릭터나 개성이 넘치던 엄마 친구들. 우린 그들의 말투, 몸짓, 옷차림을 기억해냈다. 난 레나가 자신이 누구에게서 무엇을 받아들였는지 조목조목 나열하는 걸 듣고 놀랐다. 지금은 그 개별적인 요소들을 신선하게 조합해 자신의 이미지를 만들어내고 있었다.

그날 저녁, 편집할 때 무언가를 떠올릴 수 있도록 재킷을 의자에 걸어둬야겠다는 생각이 들었다. 정확히 뭘 기억해야 할지는 잘 모르겠지만 저 재킷의 첫인상, 비실용적인 아름다움을 떠올릴 것 같다.

경계

라비와 마누, 난 심리 치료라면 질색했다. 우리가 자란 고향에서는 그런 걸 들어본 적도 없다고 자랑스럽게 말하면서. 하지만 사실은 그렇지도 않았다. 그런데도 우리는 심리 치료가 불필요하게 복잡하고, 자기 탐닉적인 헛된 행위라며 못마땅하게 여겼다. 그리고 왠지 모르겠지만 그것을 자본주의와 동일시했다. 우린 심리 치료가 소비를 부추긴다고 생각했다. 매주 상담사와 수다를 떠는 데 꽤 많은 돈이 들 뿐 아니라 그런 상담이 내담자 안의 어떤 퇴폐적인 부분을 해방시켰기 때문이다. 내담자는 자신이 가치 있는 존재이며 죄책감을 버리고 삶을 온전히 즐겨야 한다는 반복된 확신 탓에 스스로에게 끊임없이 뭔가를 사주려는 강한 충동을 느꼈을 것이다. 우리가 상담을 피상적으로 판단하고 있을지도 모른다. 우리 중 누구도 상담사와 이야기해본 적이 없었으니까. 그리고 그 사실이 고집스러울 정도로 자랑스러웠다. 그런 경멸은 우리의 우정을 끈끈하게 만드는 요소였고 우리를 차별화하는 방식이기도 했다. 그리고 이런 생각을 표현한 뒤로는 그걸 좌우명처럼, 우리 그룹의 원동력처럼 고집했다.

자신을 뜯어고치는 중이라고 말하는 그들의 반복된 자기 합리화에서는 우월감이 느껴졌다. 마치 정신세계가 리모델링해야 하는 집이라도 되고 그 구성 요소가 방, 벽, 기둥처럼 명확히 구분되며, 그 안의 누수와 균열을 고칠 수 있다는 듯이. 또한 그들을 진정으로 아는 것은 늘 한계가 있는 듯했다. 정신적 안정을 끊임없이 관리하는 그들은 누군가와 진정으로 가까워질 수 없었기 때문이다. 어느 날 밤, 술집에 우리 셋만 남았을 때 마누와 라비, 나는 결국 **'인색함'**이 우리가 찾던 정의라고 결론을 내렸다.

마누는 그런 인색함은 너무 깊은 자아 성찰에서 비롯된다고 생각했고, 라비는 지나치게 엄격한 개인 관리 때문이라고 생각했다. 외국인들 모임에 나가보면 꼭 일찌감치, 미안하다는 말 한마디 없이 그만 가야 한다고 초를 치는 애들이 있어.

라비는 말을 이었다. 내일 아침 일찍 일어나서 러닝을 해야 한다거나 이튿날 머리가 몽롱하면 안 된다면서. 라비는 이렇게 집단적 동지애가 부족해진 이유 역시 심리 치료의 결과라고 확신했다. 라비의 말에 따르면 심리 치료는 이기주의를 가르치는 교육이나 마찬가지였다. 인간관계에서 경계를 설정하고 자신을 보호하고 자신의 특별한 가치를 끊임없이 인정하는 훈련을 무자비하게 받은 결과였는데 이 모두가 광적인 개인주의의 산물이었다. 난 라비에게 넌 사람들이 책임감 있게 행동하는 걸 싫어할 뿐이라고 농담했다.

그런 게 아냐. 라비가 진지하게 말했다. 난 사람들이 자신을 너무 중요시하는 게 싫을 뿐이야. 이튿날 출근해야 하는 건 다 마찬가지잖아.

농담한 거야. 내가 말했다.

그리고 자기 관리만이 책임감 있는 행동은 아니잖아? 라비가 말했다.

숙취 때문에 지각하는 걸 책임감 있는 행동으로 보긴 어렵지. 내가 말했다.

문제는 끝없는 상담의 산물, 다시 말해 자신과 타인의 경계를 철저히 나누고 루틴을 방해받지 않으려는, 자기 관리에 철저한 사람들이 점점 사회적 기준이 되어가고 있다는 거야. 라비가 말했다. 하지만 우리 부모 세대를 생각해 봐. 다들 남의 일을 자기 일처럼 간섭했던 우리 고향을 생각해보라고. 이모가 경계를 확실히 정하겠다면서 이제부터 가족을 위해 요리하지 않겠다고 하면 어땠겠어?

이모의 반란이네! 마누가 말했다.

이모에겐 좋은 일이지. 난 그렇게 말했지만 라비가 무슨 말을 하려는지 알 수 있었다. 그리고 이모들이 오래된 질서를 지키며 변하지 않고 그대로 남아 있어 주기를 남몰래 바랐다.

힘든 시기

형과 통화 중이던 마누가 소파에서 일어나더니 침실로 들어가며 문을 닫았다. 마누는 가끔 저렇게 침대에 누운 채 통화했고, 통화가 끝나면 난 마누에게 외출했던 옷차림으로 침대에 누우면 안 된다는 어린 시절 규칙을 말하곤 했다. 하지만 이번에는 형과 통화 중인 마누의 목소리에서 심난한 기색이 느껴졌다. 소리치기 직전까지 간 순간도 있었지만 이내 지친 작별 인사가 들렸다. 잠시 뒤 마누가 거실로 나왔다.

형이 조카들을 종교 학교에 입학시킬 거래.

어머나. 난 그렇게 말했지만 사실 그게 무슨 뜻인지 잘 몰랐다.

종교 학교는 끔찍해. 감옥이나 마찬가지야. 아니면 사이비 종교 단체거나. 마누가 말했다.

큰일이네. 내가 말했다.

그런데도 형은 아무렇지도 않게 말하는 거야. 마치 별일 아니라는 듯이.

왜 형님은 조카들을 거기 보내려는 거야?

그쪽 사람들에게 최근에 큰 도움을 받았대. 아주 친절한 사람들이래.

전형적이네. 사이비 종교 집단의 전형적 수법이야. 내가 말했다.

마누의 형은 올해가 정말 힘들었다는 말을 계속 반복했다고 했다. 마누는 형이 그렇게 힘들었다는 사실을 그제야 알았고, 그 사실이 민망했다고 했다.

우리가 돈을 좀 보내드리자. 우리 아빠에게 새해 선물로 받은 돈이 있잖아. 내가 제안했다.

그래도 되지. 마누가 말했다. 형과 대화하는 건 정말 외로워. 형과 이야기하면서 형과 같은 방식으로 생각할 수 없고, 그 말이 얼마나 이상한지 설득할 수도 없으니까. 이건 말도 안 돼. 내 형이잖아.

며칠 뒤 마누는 일주일에 한 번씩 하는 부모님과의 통화에서 그 일을 꺼냈고, 통화는 정확히 45분간 이어졌다. 이번에도 마누의 목소리는 점점 긴장되었다. 거실로 나온 그의 모습이 매우 피곤해 보였다.

부모님은 아무 생각이 없으셔. 그런 공동체에서 자라는 게 아이들에게 좋을 거래.

마누는 그렇게 말하고는 머리를 쥐어뜯었다.

말이 안 되잖아. 마누가 말했고, 울기 직전이었다. 예전의 부모님이라면 절대 우리 형제를 그런 학교에 보내지 않았을 거야.

마누. 정말 속상하겠다. 내가 말했다.

그날 저녁 우리가 잠옷으로 갈아입고 마리화나 피울 준비를 할 때 마누가 말했다. 정말 슬퍼.

네 맘 알아. 애들이 불쌍하다. 방학 때라도 우리가 데려와서 함께 지내자.

그래서가 아니야. 마누가 말했다. 내가 형의 상황을 알고 있어야 했어. 내 가족이잖아.

유대의 원칙

레나가 우리 집에 저녁을 먹으러 왔다. 난 레나와 마누가 이야기를 나눌 수 있도록 주방에서 천천히 요리했다.

가끔 레나를 초대해 가족 같은 분위기를 만들어보려고 했지만 성공한 적이 없었다. 그런데도 난 계속 시도했다. 일상에서 가족처럼 지낼 수 있는 사람이 얼마 되지 않았기 때문이다.

마누는 레나가 너무 감정적이라고 생각했고, 내 생각에 레나는 마누를 약간 지루하게 여기는 듯했다. 그렇게 말한 적은 없었지만, 레나는 마누의 말에 관심을 보이지 않았다. 그렇다고 해서 마누가 레나의 관심을 끌려고 대단한 노력을 한 것은 아니었다. 셋이 모일 때마다 레나는 평소보다 더 빈정대는 듯했다. 우리가 평소에 하던 농담은 신랄한 논평, 심지어 비난으로 변했다. 하지만 레나가 평생 위화감을 느끼며 살았다는 사실을 이해했고 그 때문에 더 친밀감을 느꼈다.

내가 양손에 큰 접시를 든 채 음식을 내오자 레나가 전형적인 현모양처의 모습이라고 말했다.

난 웃었지만 마누는 얼굴을 찡그렸다.

두 사람 늘 이런 식이야? 레나가 물었다. 아시아가 요리하고 넌 손님을 접대하고?

물론이지. 식사가 끝나면 아내가 설거지하는 동안 난 식탁에 두 발을 올리고 쉬어.

그럴 줄 알았어. 전형적인 가부장적 부부. 레나가 말했다.

두 사람, 식기 전에 얼른 먹기나 해. 내가 끼어들었다.

레나가 떠나자 마누는 그녀가 너무 싫다고 했다.

네가 그렇게 말할 줄 알았어. 내가 말했다.

난 정말로 가부장적이고 예측 가능한 인간인가 봐.

레나가 요즘 좀 힘들어서 그래.

글쎄. 누구나 그렇지 않나? 마누가 말했다.

공원에서

난 방금 저녁 러닝을 끝냈고, 여기서부터 집까지 걸어갈 겁니다. 일주일에 다섯 번, 속도를 바꿔가며 다섯 바퀴씩 뛰죠. 내 나이가 쉰다섯인데 마흔이었을 때와 같은 속도로 달립니다. 그 사실이 자랑스러워요. 대회에도 출전했죠. 난 늘 혼자 달립니다. 다른 사람이 있으면 집중이 안 돼요. 이 공원은 땅이 부드러워서 좋아요. 러너에게 관절은 중요한 자산이거든요. 관절을 다치면 게임 끝난 겁니다. 단백질 섭취에도 신경 써야 해요. 아내와 난 먹는 음식이 완전히 다릅니다. 내가 식단 관리를 철저히 하기 때문이죠. 건강을 그냥 운에 맡길 순 없잖아요.

술자리를 즐기는 태도

토요일에 라비가 점심을 먹으러 왔다. 난 생활 패턴을 바꾸는 의미에서 라비에게 꼭 와야 한다고 우겼다.

애들아, 우린 늘 아무 이유 없이 취하고 돈을 너무 많이 써. 난 두 남자에게 말했다.

둘은 약간 놀란 듯했으나 집에서 노는 데 동의했다. 난 파스타를 만들고 채소 한 판을 구웠다. 그런 다음 셋이서 영화를 봤는데 젊은 여주인공이 어떻게 살아야 할지 고민하는 내용이었다. 특히 여주인공의 기벽, 혼잣말하는 습관, 절친한 친구와 나누는 농담, 혼자서 가볍게 추는 춤이 잘 묘사되었다.

영화를 보고 나니 다시 배가 고파서 남은 음식을 데워 먹기로 했다. 식사 후에는 아무래도 몸이 나른해질 테니 미리 산책을 해두기로 했다. 우린 고속도로까지 걸어갔고 육교에 올라가 발아래로 흘러가는 차량을 지켜보았다. 집에 돌아오자 마누와 라비는 칵테일을 만들었고 난 채소에 곁들일 달걀 프라이를 만들었다. 우린 다시 식탁에 앉았다.

여러 의미에서 영화 속 주인공은 외국인 모임에 나오는 사람들을 닮았어. 마누가 말했다. 지나치게 튀지 않는 개성이 있지만 사실 그마저도 잘 계산됐지.

틀림없이 그 여자는 아침 러닝 때문에 파티에서 일찍 나갈 거야. 라비가 말했다.

사람들이 술꾼이 아니라는 사실이 그렇게 불만이야? 내가 말했다. 이건 우리가 늘 하는 대화였다.

술이 문제가 아니야. 중요한 건 술자리의 분위기를 즐길 줄 아느냐, 모르느냐지. 라비가 말했다.

술자리를 즐기는 사람은 한 잔 더 마시자는 제안을 들었을 때 개인적인 이유를 들면서 거절하지 않아. 본인이 술을 마실 생각이 있든 없든, 술자리가 계속된다는 사실을 기꺼이 받아들인다고. 그거야말로 배려의 전형이야. 좋은 사람의 가장 중요한 특징 중 하나라 할 수 있지. 라비가 결론지었다.

말도 안 돼. 내가 말했다.

친절 다음으로. 라비가 덧붙였다.

호기심 다음으로. 마누가 끼어들었다.

그럼 정직은? 내가 물었다.

좋아, 그다음이 술자리를 즐기는 태도야.

난 자리에서 일어나 노트와 펜을 가져온 다음, 식탁에 앉아 목록을 만들었다. 마누와 라비에 따르면 다섯 번째 특징은 유머 감각이었다. 난 그걸 받아 적으면서 그다지 중요한 특징은 아닌 것 같다고 말했다.

걱정 마. 어차피 우린 네가 재미있다는 생각은 한 적이 없으니까. 라비가 말했다.

열 시쯤 되자 대충 다 작성한 듯했다. 정직, 친절, 호기심, 유머 감각, 인내심, 겸손, 배려, 창의성, 자연과 아름다움을 사랑하는 마음.

우리 100까지 채워보자. 라비가 말했다.

지루한 작업이긴 했지만 앞서 **태도**에 대한 이야기가 나온 만큼 반대할 수 없었다.

목록 작성이 끝날 무렵에는 이미 막차가 끊긴 뒤였다. 라비에게 집에 가고 싶으면 그만 가라고 말할까 고민했으나 라비는 목록 작성에 여념이 없었다. 난 다시 한번 술자리를 즐기는 태도를 떠올렸다. 사실 내일은 차분히 보내고 싶었다. 하지만 내일도 또 거하게 식사를 차리고 그 후에는 아무것도 하지 않고 그냥 앉아서 안절부절못한 채 따분한 시간을 보낼 듯해서 신경이 곤두섰다. 마누나 라비는 전혀 개의치 않는 듯했다.

우린 함께 라비의 침대를 준비한 다음 마지막으로 한 잔 더 마시러 자리에 앉았다. 그러고는 아침이 거의 다 되어서야 잠들었다.

삶의 다양한 궤도

그다음 주말, 사라가 우리 집에 왔다. 도시에서의 우리 삶이 있었고, 현재 속으로 불쑥 떠올랐다가 사라지는 다른 곳에서의 우리 삶도 있었다.

난 그날 저녁 늦게 기차역으로 사라를 마중 나갔다.

사라와 나는 학창 시절 친구였다. 몇 년 전까지만 해도 사라를 내 절친으로 언급하곤 했다. 비록 사라가 그 단어를 유치하다고 생각하며 친구를 소유하려는 듯한 태도를 싫어한다는 걸 알고 있었음에도. 우리 우정의 한 단면을 잘 보여주었다. 내 애정 어린 집착과 사라의 무심함.

대학 때부터 마누와 사귀면서 별다른 갈등이 없었던 나를 사라는 왠지 특이하게 여기는 듯했다. 나와 달리 사라는 이 남자, 저 남자를 만나고 다녔다. 하지만 최근에는 마누와 내 관계에 관심을 보였고, 우리 관계의 본질을 이해하려 했다. 우리가 말다툼을 하는지, 어떻게 타협하는지, 서로에게서 무엇을 배웠는지 물었다. 난 우리 관계를 그런 식으로 분석해본 적이 없었다. 마누와 난 그냥 잘 지냈다. 우린 굳이 말하지 않아도 함께 있는 게 편했고, 잘 지내려고 별다른 노력을 할 필요도 없었다. 마누와 함께 있으면 폭우가 쏟아질 때 실내에 있는 것처럼 마음이 편했다. 하지만 사라에게 그냥 운이 좋았다고 말할 수는 없었다. 그래서 잘난 척하는 걸로 보이지 않도록 이유를 생각해냈고, 관계에서 균형을 유지하기 위해 지켜온 원칙, 우리가 견뎌온 주기적이고 자연스러운 변화와 어려움을 얘기했다.

사라의 연애는 자기 계발 수업과 비슷했다. 예술사와 문학에 조예가 깊었던 한 남자 친구는 자신의 상상력을 형성하는 데 많은 영향을 미쳤던 책들을 사라에게 주었다. 또 다른 남자 친구는 여행을 많이 다니는 사람이었다. 그는 관광지가 아닌 곳, 다시 말해 일반적인 교통수단으로는 갈 수 없고 외부인의 손을 타지 않은 곳, 과연 그런 장소가 정말로 존재하는지 의심스러운 곳만 골라서 다녔다. 또 다른 남자는 야생에서 살아남는 법을 아는 사람이었다. 산이나 숲에서 몇 달씩 텐트 생활을 하며 최소한의 물품으로 살았다. 산으로 사라를 데려갔다. 두 사람은 돌을 이용해 음식을 요리했고, 땔감을 주워오고, 강에서 수영했다. 사라의 연애는 모두 비슷한 방식으로 끝났다. 남자들은 변하려 하지 않았고, 사라는 자신이 그들의 생활 방식을 따랐듯이 그들도 그렇게 해주기를 바랐으나 그런 마음을 표현하지 않았다. 연애를 시작할 때마다 사라는 늘 자신의 방식을 버리고, 일정 기간 또 다른 자아로 살아가곤 했다. 상대를 더 깊이 알고 경험하기 위해서.

집에 도착한 마누와 나는 견과류와 과일이 담긴 그릇을 꺼냈고, 촛불을 켰다. 사라는 위스키 한 병을 가져왔는데 우리 집에 올 때면 늘 가져오던 위스키였다. 보통은 사라가 떠날 무렵에 그 위스키를 다 마셨다.

난 이 집이 너무 좋아. 사라가 말했다.

실컷 즐겨. 우린 다른 집을 알아보고 있으니까. 내가 말했다.

절대 허락 못 해. 사라가 말했다.

난 지금까지 보고 다녔던 집에 대해 말해주었다. 그리고 집주인들이 특정한 분위기를 연출하려고 생활감이 있는 물건을 일부러 치운 것 같다고 말했다.

안 돼, 안 돼, 안 돼. 사라가 반대했다. 이사 가면 안 돼. 여긴 내 어린 시절 집이나 다름없다고.

이튿날 아침 사라가 일어났을 때 마누와 나는 이미 거실에 나와 커피를 마시고 있었다. 사라가 늦잠을 잘 정도로 우리 집을 편하게 여긴다는 사실이 기뻤다. 왠지 모르게 우리의 삶이 진짜라는 증거 같았다.

오늘 아침 메뉴는 뭐야? 문간에서 요란하게 기지개를 켜며 사라가 물었다.

우린 하루 종일 걸어 다녔고, 중간중간 음식과 커피를 먹고 마시며 끊임없이 이야기를 나눴다. 사라는 최근에 친해진 한 여자에 대해 말해주었다. 처음에는 무척 매력적인 듯했으나 친해질수록 연약한 면이 점점 더 드러났다고 했다. 또 몇 달 사귄 남자에 대해서도 말해줬는데 처음에는 소울메이트라고 믿을 정도로 잘 통했다고 했다.

하지만 사라는 그 연애를 가볍게, 거의 조롱하듯 이야기했다. 그것이 일시적인 감정에 불과했음을 지금은 잘 안다는 듯이.

난 사라에게 레나의 어머니 집에 다녀왔던 일을 이야기했다. 그리고 그제야 지금까지 내가 레나를 오해했음을 깨달았다고 말했다. 사라는 내 말에 회의적인 반응을 보였다.

사람에게는 한 가지 면만 있는 게 아니야. 사라가 말했다. 사람은 상황에 따라 늘 달라져. 레나라는 사람은 그저 교외에서 자라 도시에서 사는 평범한 여자 같은데?

난 그동안 내가 했던 고민을 그렇게 한마디로 요약해버린 걸 듣고 놀랐다. 내가 논점을 복잡하게 만드는 재주가 있는 듯했다. 하지만 사라가 방어적으로 구는 게 아닐까 싶기도 했다. 연애할 때마다 다른 사람이 될 수 있는 권리를 주장하는 것일 수도 있었다. 그래도 난 사라의 말에 반박하지 않았다. 우린 함께 할 시간이 너무 적었기 때문이다. 대신 마누와 이번 주말을 돌이켜보면서 내 의견을 말할 것이다. 그 순간은 늘 즐거웠다.

그날 저녁 우리는 한 번도 가본 적이 없는 식당에서 라비를 만났다. 우리가 자주 가던 식당보다 훨씬 세련된 곳이었다. 계속 이런 식당만 다니다가는 제일 친한 친구조차 우리가 정말로 어떻게 사는지 모를 그런 곳이었다.

저녁을 먹으며 우리는 사라에게 우리가 작성한 100가지 자질에 대해 이야기했다. 마누와 라비는 번갈아 가며 술자리를 즐기는 태도에 대해 설명했다.

그건 나도 맞다고 생각해. 사라는 그렇게 말하더니 2차로 술집에 가자고 했다.

설마 100가지 자질을 다 채우려고요? 라비가 놀랐다.

The Anthropologists

술집에서 라비와 사라는 서로 술을 사겠다고 실랑이를 벌이다가 결국 라비가 샀다.

아, 너무 하네. 사라가 말했다. 내게도 좋은 손님이 될 기회를 줘요.

손님은 주인이 하란 대로 하는 겁니다. 라비가 말했다.

우리 모두 기분이 좋았지만 마누와 내가 둘에게 방해가 될지도 모른다는 느낌이 들었다.

이튿날 우린 너무 피곤해 외출 계획을 세울 수 없었다. 난 사라가 어젯밤에 재미없었을까 봐 걱정되었다. 우린 모두 숙취에 시달리며 잠에서 깼고, 사라는 커피 한 잔을 따라 마신 뒤 다시 침실로 돌아갔다. 마누도 뚱한 기색이었는데 그걸 보니 속상했다. 난 머릿속으로 이런저런 생각에 빠졌다. 우리가 사라를 알고 지낸 지 오래됐으니 이제 사라는 네게도 친구 아냐? 네가 그렇게 뚱한 모습을 보니 내가 속상해. 불과 지난주에만 해도 난 주말 내내 너와 라비가 빈둥거리는 걸 참아줬어. 우리가 1년에 몇 번이나 사라를 본다고 그래? 사라가 머문 지 고작 이틀 만에 그렇게 뚱하게 나오다니. 사라는 우리를 만나려고 먼 길을 왔다고. 사라가 마누와 내 관계를 오해했다고 난 씁쓸하게 생각했다. 우리가 잘 지낸다는 건 환상에 불과했다.

마누는 빵을 사러 나갔고 난 팬케이크를 만들었다. 마누가 돌아왔을 때 사라는 샤워 중이었다.

뭐야? 왜 그렇게 뚱해 있어? 내가 물었다.

마누는 그렇지 않다고 항변했다.

사라는 우리 친구야. 겨우 이틀 머무는 거잖아.

알아. 마누는 그렇게 말하더니 두 손으로 내 얼굴을 감쌌다. 그냥 좀 졸려서 그래.

네가 주말을 제대로 즐기지 못하고 사라가 와 있는 것 때문에 나한테 화났을까 봐 걱정했잖아.

걱정거리가 하나 더 늘었네. 마누가 말했다. 이건 우리 둘만의 농담이었는데 내가 행복할 때도 늘 걱정거리를 찾아낸다는 뜻이었다.

현재를 사는 자와 죽음을 두려워하는 자

그렇다면 우린 정말로 행복한 걸까?

난 늘 슬픔이 언제 닥칠지 모른다고 생각했다. 반면 마누는 나와 달리 우리에게 나쁜 일이 생길 거라는 끊임없는 불안 속에서 살지 않았다. 가끔 난 마누에게 내가 예견한 모든 불행을 경고하고 싶은 충동을 느꼈다.

언젠가 내가 아플 수 있고 마누가 아플 수도 있었다. 우리 부모님이 아프실 수도 있었다. 사실 부모님들은 조만간 그렇게 될 터였다. 사고나 발병 소식을 알리는 전화를 받게 될 순간도 올 것이다. 그렇게 되면 아마 우리 삶은 송두리째 흔들리리라. 어디에 살아야 할지, 어디에 마음을 붙여야 할지 모를 것이다. 서로에게 점점 분노가 쌓이거나 소원해질 수도 있었다.

    난 머릿속으로 더 무서운 상황들을 그려보았다. 예전에 환경 파괴로 인한 우울증에 대해 읽은 적이 있었고, 마치 건강 염려증이 있는 의대생이 교재에서 배운 증상이 실제로 몸에 나타난다고 상상하듯이 나도 가끔 내가 환경 파괴로 인해 우울증에 걸렸다고 생각했다. 주변 생명체가 훨씬 줄어든, 10년이나 20년 뒤의 미래를 생각했다. 황폐하고 갈라지고 시든 풍경을 상상했다. 하지만 현실에서는 그때도 세상이 지금과 별로 다르게 보이지 않을 것이다. 도시의 가문비나무, 밤나무, 조경용 은행나무가 대거 죽는 일은 없으리라. 풀밭, 튤립, 수국도 마찬가지였다. 난 여전히 개와 강아지, 까마귀, 비둘기, 개미, 파리, 거미에 둘러싸여 살 것이다. 그보다는 원시적 자연이 파괴될까 두려웠지만 정작 그런 자연은 제대로 경험한 적도 없었다. 하지만 이런 통찰은 전혀 위로가 되지 않았다.

    이렇게 심각한 걱정은 다른 사람들에게 이야기하지 않았다. 어차피 우린 매일 신문과 다큐멘터리, 거리의 낙서, 포스터, 시위를 통해 패닉의 공격을 받았기 때문이다. 난 마누가 그런 내 걱정을 대수롭지 않게 여길까 두려웠지만 한편으로는 이게 나만의 걱정이라는 사실에 안도했을 수도 있었다. 마누는 살아 있는 걸 믿었고 그 아름다움이 사라지기 전까지 충분히 즐겼다.

공원에서

예전에는 놀이터가 공원의 공간만 낭비한다고 생각했어요. 나무 사이에서 뛰놀면 되는데 왜 굳이 이런 시설을 설치했지? 그렇게 생각하곤 했죠. 하지만 요즘은 매일 딸과 이 놀이터에 와요. 사실 놀이터 밖의 공원이 어떤 모습인지 이젠 기억도 안 나요. 내게 공원은 거대한 사이프러스 나무 아래 있는 이 놀이터가 전부예요. 놀이터를 지어준 사람에게 감사해요.

음악

테레자 할머니가 전화해서는 함께 음악회에 가겠냐고 물었다. 오랫동안 회원이었던 자선 단체에서 여분의 티켓을 받았다고 했다. 음악회 프로그램은 브람스, 드보르자크, 파가니니였는데 솔직히 별로 흥미롭지 않았다. 그래도 테레자에게 기꺼이 가겠다고 했다.

  음악회 일주일 전에 테레자는 택시를 예약했다. 공연 시작 두 시간 반 전에 우리를 데리러 올 예정이었다.

  너무 일찍 가는 거 아니에요? 내가 물었다.

  기왕이면 일찍 가는 게 좋지. 테레자가 대답했다.

  택시에 타자 향수 냄새가 코를 찔렀다. 테레자는 화려한 브로케이드 재킷에 스카프를 두르고, 머리에 핀을 꽂고, 반지를 여러 개 꼈다.

이 두 사람은 내가 아끼는 친구들이랍니다. 테레자는 택시 기사에게 그렇게 말하더니 음악회장까지 가는 길을 세세히 알려주었다. 기사가 보고 있는 내비게이션에 이미 경로가 표시되어 있었는데도.

로비는 노부인들로 북적거렸다. 안내인을 제외하면 마누와 내가 유일한 젊은이였다. 그제야 왜 테레자가 우리에게 함께 가자고 했는지 깨달았다. 그것도 이렇게 일찍. 테레자는 친구들에게 우릴 차례로 소개했다.

마누는 내게 윙크했다.

테레자 기를 팍팍 세워주자. 내가 속삭였다.

마누는 소개받은 노부인들에게 낯간지러운 칭찬을 퍼부었고, 환히 웃으며 그들의 팔에 손을 올리기도 했다. 노부인들은 기뻐했다. 다 테레자를 위해서였다.

우리가 자리에 앉을 무렵, 테레자는 들떠서 얼굴이 상기되었다. 프로그램을 큰소리로 읽기도 했고, 음악이 시작되자 탄성을 질렀다. 주위 몇몇 사람이 조용히 하라는 뜻으로 쉿 소리를 내자 테레자는 정말 미안하다고 외쳤다. 그러다 드보르자크의 곡이 연주될 무렵에는 잠들어버렸다.

택시를 타고 집으로 돌아온 뒤 우린 테레자와 함께 위층으로 올라갔고, 그녀가 열쇠를 찾아 문을 열 때까지 기다렸다. 테레자가 집 안으로 들어가자 우린 초대해줘서 고맙다고 했다.

정말로 고마워. 두 사람 복 받을 거야. 테레자가 말했다.

내가 꿈꾸는 미래

우리는 인터넷으로 집 매물을 계속 검색했다. 다들 괜찮았지만 딱히 마음에 드는 집도 없어서 실망스러웠다.

우리가 복권에 당첨되면 어떤 집을 사게 될까? 마누가 물었다.

난 눈을 감았다. 우선 나는 발코니에 서서 도심 주택의 지붕들을 내려다보고 있었다. 다음 순간에는 언덕에 있었는데 아래로 바다가 펼쳐졌다. 그 상상 속에서 뒤돌아 집 안을 보았다. 순간적으로 집 안은 세련되고 미니멀한 공간이었으나 이내 어수선하고 아늑해 보였다.

높은 지대에 있는 집일 것 같아. 전망이 좋은. 내가 마누에게 말했다.

좋아. 그 정도는 복권 당첨이 안 돼도 가능하지. 마누가 말했다.

초록색 벨벳 재킷은 여전히 내 의자에 걸려 있었다. 아직 입고 나간 적은 없지만 그걸 볼 때마다 내가 이 세상에서 어떤 사람이 되고 싶은지 떠올라 용기가 났다. 내가 원하는 모습을 곱씹을 때마다 답이 바뀌기는 했지만 어떤 느낌인지는 분명했다. 난 유쾌하면서 자기 의견을 당당히 표현하고 약간은 고전적인 분위기를 풍기고 싶었다.

그러니까 제일 먼저 초록색 재킷이 떠올랐다.

그다음은 마누가 출근하기 전에 함께 아침을 먹는 우리의 의식이었다.

우리 조상님들이 묘지에 놓아둔 돌도 있었다.

모두가 내가 꿈꾸는 집을 짓는 요소였다.

그다음에는 카페테라스에 앉아 있는 위대한 여인을 생각했다. 이 이미지의 어떤 면이 날 사로잡았는지 당장 알 수는 없었지만 난 그 이미지를 간직하기로 했다.

미래에 대한 막연한 믿음

아빠가 다녀간 후로 우리 부녀는 한 번도 대화를 나누지 않았다. 우린 서로 이야기를 나누는 법, 근황을 이야기하는 법을 몰랐다. 그래도 우린 우리가 가깝다고 믿었다. 아마 부모와 자식은 원래 그래야 한다는 원칙 때문이었으리라.

시간이 한참 지나면 내가 아빠에게 전화하거나 아빠가 내게 전화했다. 아빠가 먼저 전화를 걸 때가 더 난감했다. 내가 너무 오랫동안 전화하지 않았다는 뜻이었으니까. 이번에도 아빠가 먼저 전화했다.

어떻게 지내니?

잘 지내요. 나는 그렇게 말했고 그동안 아주 바빴다고 덧붙였다. 내가 연락하지 않은 이유를 정당화하려는 의도로.

건강은?

다 좋아요.

쉬어가면서 해라.

아빠는요?

나야 똑같지.

그저 서로의 안부만 확인한다는 느낌도 있었다. 마치 내가 집을 떠나 장기 여행 중이고 자세한 이야기는 나중에 돌아가서 하게 될 것처럼.

반면 엄마는 사소한 것까지 전부 알고 있다. 우리가 봤던 영화며, 내가 이번 주에 산 꽃, 우리가 몇 시에 저녁을 먹고 언제쯤 집에 있는지도. 엄만 내게 왜 그렇게 시시콜콜 다 말하냐고 물은 적이 없었다. 반면 아빠에게 말할 때는 요점이 있는 말만 해야 할 것 같아서 신경이 쓰였다. 하지만 이렇게 서로 다른 소통 방식 저변에는 입 밖으로 꺼내지는 않았어도 똑같이 불가능한 희망이 깔려 있었다. 언젠가 내가 고국으로 돌아갈 것이고 그때까지 우리는 그저 시간을 때울 뿐이라는 희망.

공원에서

우린 친구와 노래를 연습하려고 여기 와요. 모든 가사를 우리가 직접 썼죠. 반주는 인터넷에서 찾아내고요. 우리 음악을 들어줄 사람을 찾는 법은 많아요. 노래를 잘 부르면 수백만 명이 들어줄 거예요. 우린 실력을 키우려고 매일 연습하죠. 가끔 사람들은 걸음을 멈추고 우릴 지켜봐요. 잠시 혹은 노래가 다 끝날 때까지요. 우린 그저 계속 노래할 뿐이에요. 그러다 보면 우리 노래와 청중 사이에 무언가 싹트는 걸 느낄 수 있어요. 우리가 그들을 대신해 말하고 있기 때문이죠.

노동의 분담

마누가 출근한 사이에 라비를 만났다. 평일 오후에 농땡이를 부린다는 사실이 약간 머쓱했다. 마치 그것이 퇴보의 징조라도 된다는 듯이. 하지만 라비는 대수롭지 않다는 듯이 굴었다. 우리 둘 다 마누가 우리보다 어른스럽다고 생각했다. 마누는 루틴과 월급이 정해져 있었고 공휴일과 연휴가 언제인지도 알았다. 마누가 매일 아침 출근하는 건 직업의식이 투철해서가 아니라 단순한 의무감 때문이다. 자식을 먹이고 입히는 이유가 부모가 딱히 그 일에 열정이 있거나 재미가 있어서가 아니라 그저 의무감에서 하는 것과 비슷했다. 그래서 난 부모가 된 내 모습을 상상하기 힘들었다. 평소에 모든 행동과 루틴을 곱씹으며 과연 이게 내게 맞는지 고민했기 때문이다.

라비는 그날 오후 수업이 없었고 난 촬영할 기분이 아니었다. 전날 공원에서 사람들과 오랫동안 이야기를 나눴는데 마지막 인터뷰에서 모든 질문에 참을성 있게 대답해줬던 한 여자가 자신은 잠시라도 평온하고 고요한 시간을 가지려고 공원에 온다고 덧붙였다. 그 말을 들은 난 불편한 마음으로 집에 돌아왔다.

라비는 점심 식사와 함께 맥주 한 잔을 주문했지만 난 차마 그런 사치는 부릴 수 없다고 말했다.

그렇게 죄책감 느낄 필요 없어. 라비가 말했다.

느낄 필요가 없긴. 오늘은 평일이잖아.

넌 스스로 일정을 조정할 수 있어. 그러니까 남 눈치 보면서 살 필요 없다고.

난 정말 이렇게 살고 싶었던 걸까?

초록색 재킷, 조상들이 무덤에 놓아둔 돌, 눈치 보지 않는 삶. 나도 잘 모르겠다.

라비는 종종 어릴 적 친구 이야기를 꺼냈는데 그 친구는 몇 년 전 영화를 찍어 큰 성공을 거뒀다. 라비 말에 따르면 형편없는 작품이라고 했다. 몇 달간 인기를 끌다가 빠르게 잊히는 그런 영화였다. 하지만 친구는 돈을 충분히 벌었고 인맥도 잘 쌓아서 지금은 일 년 내내 이 나라, 저 나라를 여행하며 살았다. 친구는 이 도시에도 한두 번 왔었고, 라비를 비싼 레스토랑과 나이트클럽에 데려갔다고 했다. 라비는 불쾌감과 감탄이 뒤섞인 어조로 이 모든 이야기를 들려주었다. 그다지 매력적인 사람은 아닌 듯했지만 딱히 문제가 있지도 않았다. 마누와 난 그 친구의 어떤 점 때문에 라비가 그를 그토록 매력적인 동시에 거슬리는 존재로 여기는지 도무지 알 수 없었다. 라비는 그 친구의 시시콜콜한 정보와 그가 방문했던 도시, 그가 친하게 지내는 사람들까지 전부 다 말해주었다. 또한 이 친구는 그렇게 놀고먹는 것에 대해 전혀 거리낌이 없다고도 했다.

날씨가 너무 추웠는데도 우리는 야외 테이블에 앉아 있었다. 난 털모자에 패딩 점퍼로 무장하고 나왔다. 분명 식사 중간에 라비와 함께 담배를 피우러 밖에 나올 거라고 생각했기 때문이다. 나중에 마누가 내 옷에서 담배 냄새를 맡으면 난 미안해할지도 몰랐다. 마누는 내가 담배 피우는 걸 좋아하지 않았다. 마리화나를 피우는 건 개의치 않으면서도. 본인 주장으로는 나름의 논리가 있다고 했다. 마누는 내가 사과하는 것도 좋아하지 않았다. 자신에게 잘못한 게 아니니 사과하는 건 앞뒤가 안 맞다는 것이다. 나도 그 말에 동의했지만 그래도 여전히 미안했다.

어느 정도 사과의 마음을 가지고 사는 건 그다지 나쁘지 않다는 생각이 들었다. 그런 마음이 없다면 인간관계가 유지되기는 힘들 것이다.

난 결국 와인 한 잔을 주문했다. 머리 위로 먹구름이 몰려들더니 테이블 매트를 날려버릴 듯 바람이 험악하게 불었다. 난 곱은 손가락 위로 스웨터 소맷자락을 끌어내렸다. 우리가 주문한 음식이 나왔을 때는 막 떨어지기 시작한 빗방울에 냅킨이 축축해졌다. 여자 종업원이 실내로 자리를 옮기겠냐고 물었고, 우린 괜찮다고 했다. 라비는 담배 두 개비를 꺼내 손으로 바람을 막은 채 내 담배에 불을 붙여주려고 했다. 하지만 담배도 비에 젖어 불이 붙지 않았다. 이제 본격적으로 비가 내리자 우리는 반쯤 피운 담배를 꺼버리고 접시를 든 채 안으로 들어갔다. 술잔은 아직 테이블에 놓여 있었고 와인은 빗물에 희석되고 있었다. 종업원은 밖에 나가서 술잔을 치워야 한다는 사실에 짜증이 난 듯했다. 그녀에게 미안하다고 사과했다.

비가 세차게 퍼부었을 무렵 우린 식사를 마쳤고 담배를 피우지 못한 채 헤어졌다.

프라이버시

엄마와 영상통화를 하던 어느 날 오후, 엄마에게서 노화의 징조를 발견하고 깜짝 놀랐다. 엄마가 화면을 향해 몸을 숙이고 있어서 엄마의 얼굴보다 목이 더 많이 보였는데 내 맞은편에 똑바로 앉았을 때보다 더 처져 보였다. 입 양옆으로 깊은 팔자 주름도 패여 있었다. 그 모습을 보고 슬퍼진 나는 엄마를 나무랐다.

핸드폰을 똑바로 들어야지. 지금은 거의 바닥만 보인다고.

어디 보자. 엄마는 그렇게 말하더니 눈살을 찌푸린 채 몸을 더 숙였다. 난 엄마가 외모에 신경 쓰지 않는 데 화가 났다. 저렇게 자신을 방치해서는 안 된다고 속으로 반발했다. 엄마는 시간에 맞서 싸워야 했다.

내 인생에서 변치 않는 사실 중 하나는 우리 엄마가 아름답고 젊다는 것이다. 그것은 마치 태어날 때부터 몸에 있던 점처럼 내 삶의 특징적인 요소였다. 그랬기 때문에 난 엄마가 늙을 거라고는 상상도 못 했다. 내가 대학생이었을 때도 엄마는 여전히 또 다른 상태의 미모로 활짝 피어났다. 한물간 아름다움이 아니라 진정한 아름다움으로. 엄마는 자신을 아름답다고 생각한 적이 한 번도 없었는데 그 사실이 오히려 엄마의 아름다움을 더욱 돋보이게 했다.

몇 년 전, 난 엄마를 주제로 영화를 찍었다. 영화 속에서 엄마는 옷장을 정리하고 있다. 옷에는 긴 비닐 커버가 씌어져 있다. 엄마는 모직 원피스, 타프타 스커트와 같은 천으로 만든 재킷, 트위드 조끼를 꺼낸다. 엄마는 옷에 감탄하지만 정작 자신의 아름다움에는 전혀 감탄하지 않는다.

그날 오후 우리 모녀는 영상통화를 하며 차와 케이크를 먹고 있었다. 엄마는 호두 케이크, 난 레몬 케이크였다. 우린 화면을 향해 접시를 들어 올렸다.

이게 웬 호사니. 엄마가 말했다. 엄마는 영상통화 같은 기술을 통해 사람들이 친밀감을 유지할 수 있다는 사실에 흥분했다. 난 엄마에게 사라가 다녀간 일을 말했다.

걔는 아직 싱글이니? 엄마가 물었다.

갑자기 화면에 할머니의 얼굴이 나타났다.

누가? 할머니가 물었다.

엄마는 모르는 사람이야. 우리 엄마가 말했다.

누가 싱글이라는 거야?

그냥 제 친구예요, 할머니.

할머니에게 엄마와 조용히 얘기할 수 있도록 비켜달라고 말할 수 없었다. 엄마도 마찬가지였다. 친절해서라기보다는 예의상. 할머니는 케이크 한 조각을 잘라 와서 자리에 앉았다. 엄마가 케이크를 다 먹자 우린 그만 통화를 끝내기로 했다.

왜 이렇게 서둘러. 할머니가 말했다.

나중에 또 연락할게요. 내가 말했다.

그래. 엄마와 할머니가 동시에 말했다.

다양한 삶의 방식

맥주 전문 바에서 우연히 다른 손님의 대화를 듣게 되었는데 도시 외곽에 세계적으로 유명한 맥주를 만드는 수도원이 있다고 했다. 그 맥주가 매력적인 이유 중 하나는 오직 그 동네 펍에서만 맛볼 수 있었기 때문이다. 수도사들은 생계를 유지할 수 있는 만큼만 맥주를 생산했고, 이윤 추구를 목적으로 삼지 않았다.

몇 주 뒤, 우리는 차를 빌려 순례 여행에 나섰다. 운전은 마누가 하기로 했고 난 라비에게 조수석에 앉으라고 했다. 우린 차를 타는 동안 들을 플레이리스트를 여러 개 준비했다. 모두

무심한 척했지만 이 새로운 경험은 우리 우정사에서 중대한 사건처럼 느껴졌다. 살을 에듯 추운 날씨였는데도 일단 도시를 떠나자 우린 신나서 차창을 내렸다.

가는 길에 마누는 최근에 자신이 들은 한 라디오 프로그램을 말해주었다. 머릿속에서 가상의 목소리가 들리고, 어릴 때부터 그 목소리와 대화해온 사람들을 다룬 프로그램이었다. 그 사람들은 미치지 않았어. 마누가 말했다. 다 평범한 직장에 다니고 배우자와 자식이 있는 사람들이야. 목소리가 들린다는 사실을 말하면 주변의 친구나 가족들이 걱정한다는 걸 알 정도로 상식적인 사람들이지. 그래서 가상의 목소리와의 관계를 비밀로 해왔어.

그들에게는 가상의 목소리들끼리 서로 대화할 수 있는 온라인 커뮤니티가 있어. 심지어 다른 가상의 목소리를 만나려고 먼 곳으로 여행을 떠나기도 해. 그 프로에서는 한 여자에게 초점을 맞췄는데 그녀의 남편은 아내가 이중생활을 한다는 사실을 알고 이혼을 요구한 상태였어. 엄밀히 말해 불륜을 저지른 건 아니었지만 남편은 심한 배신감을 토로했고 지금까지 아내가 어떤 사람인지 잘 몰랐다는 사실에 충격을 받았어.

저런 머저리. 라비가 단언했다. 남녀 사이에는 신비로운 요소가 있어야 해. 한 사람의 모든 걸 알게 되면 지루해지는 법이야. 애초에 모든 걸 아는 게 불가능하기도 하고.

마누와 난 라비의 말에 대체로 동의하는 편이었지만 그래도 남편이 얼마나 외로웠을지 이해할 수 있었다.

아시아가 매주 나 몰래 뜨개질 동호회에 나간다는 걸 알게 됐다면 나도 왠지 소외감이 들었을 거야. 마누가 말했다.

좀 더 매력적인 이중생활을 지어낼 수는 없어? 내가 말했다.

우리는 해 질 무렵 수도원에 도착해 하룻밤 묵을 숙소에 짐을 놓아두고 수도원과 그 근처 펍으로 가는 교외 도로를 따라 걸었다. 우리가 들어가자 동네 사람들이 고개를 들더니 술집에 등장한 외지인을 바라보았다. 펍에서 파는 맥주는 하나뿐이었고 간단하지만 든든한 음식도 있었다. 우린 바에 앉았다가 너무 눈에 띄는 기분이 들어서 구석진 테이블로 자리를 옮겼다.

짙은 색 맥주는 강렬하면서도 거품이 많았다. 지금까지 우리가 마셨던 맥주 중에서 최고라는 데 우리 모두 동의했다.

긴 운전 끝에 맥주 한 잔을 마시니 다들 알딸딸해졌다. 마누는 한 박스를 사서 숙소로 가져가자고 했으나 맥주는 병으로 판매하지 않는다고 했다. 하지만 원한다면 잔에 든 채 가져갔다가 나중에 잔만 돌려달라고 바텐더가 말했다. 문이 닫혔으면 그냥 문 앞에 잔을 두고 가라고 했다.

저런 게 제대로 사는 거지. 라비가 말했다. 우린 이 마을의 정신, 다시 말해 허영이나 탐욕 없이 맥주 생산에만 헌신하는 태도에 감동받았다.

우린 맥주를 한 잔씩 더 마시고 숙소로 돌아갔다. 라비와 마누는 벽난로에 불을 피울 생각에 들떠 있었다. 둘은 장작을 쌓았다 다시 꺼내기도 하고, 잔가지와 신문을 넣으며 벽난로 앞에 오랫동안 앉아 불을 피우려 애썼다. 둘은 수도사들의 본보기에 용기를 얻었는지 단순한 작업에 몰두해서 완벽하게 해내고 싶어 했다.

 난 점점 더 취기가 올라와 그들 곁을 지나 침실로 들어갔다. 침대에 누워 현기증이 멈추길 기다렸다. 라비와 함께 있어도 어색하지 않아서 좋다고 생각했다. 딱히 가야 할 곳 없이 이 숙소에 다 같이 모여 있는 게 기분 좋았다. 우리 우정이 새로운 단계로 접어드는 게 아닐까 생각할 무렵 눈이 감기기 시작했고, 난 잠들어버렸다. 다시 거실로 나갔을 때는 벽난로에서 불이 활활 타올랐다. 라비와 마누는 마리화나를 주거니 받거니 피우고 있었다.

 어디 숨어 있었어? 라비가 장난스럽게 물었다.

 방금 너희들은 모르는 뜨개질 모임에 갔다가 돌아오는 길이야.

 아. 신비로운 여자로군. 라비가 말했다.

공원에서

내가 제일 좋아하는 나무가 바로 이 아름드리나무예요. 이 나무 아래 있으면 다른 세상에 있는 것 같아요. 누군가의 집에 있는 기분이죠. 이건 잎이 구릿빛인 너도밤나무고, 이 공원에 열다섯 그루가 있어요. 정말 경이로운 나무예요. 가을이 되어 다른 나무의 이파리가 다 떨어져도 이 나무에는 좀 더 남아 있죠.

의례용 가면

언제 한번 저녁에 멋지게 차려입고 만나자. 레나가 말했다.

어디 가는데?

레나는 영 재미없다는 표정으로 날 바라보았다. 그 표정을 보니 내가 상상력이 부족한 사람이라는 느낌이 들었다.

정장을 차려입고 가야 하는 곳으로. 네 남자들에게도 얘기해 봐. 레나가 말했다.

레나는 마누와 라비를 그렇게 불렀고, 난 그 말투가 비꼬는 건지 확신이 안 섰다. 레나에게 그 표현이 거슬린다고 말한 적이 없었고, 레나도 우리 셋이 만날 때 끼고 싶다고 대놓고 말한 적이 없었다.

그날 밤, 마누에게 우리 계획을 말했다.

어딜 갈 건데? 그가 물었다.

중요한 건 멋지게 차려입는다는 거야.

그다음 주말, 우리는 부촌에 가려고 지하철역에 모였다. 그 동네에서 레나가 고른 루프탑 바에 갈 예정이었다. 라비는 흰 셔츠를 입었고 마누도 마찬가지였다. 난 우연히 찾아낸 캐시미어 카디건을 입었다. 낡을까 봐 입지 않고 모셔만 두었던 다른 멋진 옷들과 함께 옷장 깊숙한 곳에 구겨진 채 방치되어 있었다.

우린 승강장에서 레나를 만났다. 그녀는 머리를 틀어 올려 자홍색 꽃을 꽂았다. 기다란 귀걸이가 광대뼈 옆에서 살랑거렸고 눈매는 고양이처럼 그렸다.

와, 멋지다. 내가 말했다.

만나서 반가워요. 라비가 딱딱하게 말했다. 둘은 전에 딱 한 번 만났다. 지하철을 타고 가는 동안 라비는 레나에게 영화에 대해 말했다. 카메라가 넓은 대지를 가로질러 네 명의 농부를 따라가는 영화였다. 라비가 저 영화를 본 지 몇 달이 지났다는 걸 난 알고 있었다. 우린 그 영화가 얼마나 지루했는지 이야기하며 낄낄거리기까지 했다. 마누는 날 보더니 눈썹을 씰룩거렸다.

바에 도착한 우리는 예약 손님만 받는다는 말을 들었다.

저기 빈 테이블이 있잖아요. 예약 손님이 오기 전에 마시고 나갈게요. 레나가 우겼다.

지배인은 정중하게 나가달라고 부탁했다.

말도 안 돼. 무슨 이런 거지 같은 바가 있어. 레나가 말했다.

우린 무표정한 커플과 함께 엘리베이터를 타고 내려갔다.

말도 안 돼. 또다시 그렇게 말하는 레나의 눈에 눈물이 그렁그렁했다. 단순히 자리를 잡지 못한 것만이 문제가 아닌 듯했다.

저, 난 오히려 잘됐다고 생각해요. 라비가 레나에게 말했다.

거리로 나오자 라비는 어차피 거기서는 별로 재미있지 않앉을 거라며 레나를 안심시켰다.

거긴 최악이었어요. 라비가 말했다. 그는 자기 구역으로 돌아온 걸 기뻐했고 이내 자기가 선호하는 스타일의 허름한 술집을 찾아냈다.

다들 멋지게 차려입었네요. 바텐더가 레나에게 말했다.

저 둘의 결혼을 축하하는 중이에요. 라비가 바텐더에게 말하며 마누와 날 가리켰다. 둘이 첫눈에 반했죠.

우린 결혼식 증인이고요. 레나는 그렇게 덧붙이며 라비의 팔짱을 꼈다.

바텐더는 우리에게 민트 리큐어를 한 잔씩 서비스로 주었다.

신혼부부를 위해. 참을성과 행운이 함께하기를. 바텐더가 말했다.

다양한 삶의 방식

테레자가 저녁 식사에 초대했고 우린 음식을 가져가겠다고 했다. 테레자가 밥을 짓다가 냄비를 새까맣게 태워버린 후로 그렇게 되었다. 우리가 그녀의 집에 도착해 타버린 냄비를 발견했을 때 테레자는 기억나지 않는 이유로 침실에 들어가 옛 신문을 뒤적거리고 있었다. 대개 우리가 음식을 두어 개 가져갔고 테레자는 식탁을 차렸다. 식사하는 동안 우리가 낭독할 수 있는 시집들도 함께 꺼내 놓았다.

그것은 우리에게 생긴 또 다른 루틴이었는데 어느 날 저녁, 테레자가 우리에게 암송하는 시가 있는지 물어본 후로 그렇게 되었다. 그녀의 질문에 우리는 더듬거리며 여기서 한 줄, 저기서 한 줄씩 암송했지만 처음부터 끝까지 통째로 외우는 시는 없었다.

아, 암송하는 시가 꼭 있어야 해. 나중에 좋은 친구가 돼줄 거야. 테레자가 말했다.

그녀는 각운이 맞는 두 줄짜리 시구 몇 개를 암송했고 우리에게 그 순간은 감동으로 다가왔다. 저녁 식탁에서 갑자기 음악이 울려 퍼지는 듯했다. 우린 테레자에게 계속 읊어달라고 했다. 아무리 들어도 질리지 않았다. 다음에 찾아갔을 때는 그녀의 책장에서 시집을 골라 큰 소리로 낭독해보자고 제안했다.

테레자의 식욕은 매주 점점 더 줄어들었고 와인도 우리가 건배할 때만 마셨다. 하지만 우리의 시 낭독을 들으며 몇 시간이고 앉아 있을 수는 있었다. 우린 들어본 적 없는 시인들의 시 그리고 너무 많이 들어서 굳이 찾아 읽지 않았던 시인들의 시를 읽었다.

테레자와 함께 있으면 세상이 덜 다급해지는 듯했다. 시는 우리의 마음을 비워냈고 그 빈자리를 시의 형상으로 가득 채웠다. 식탁에 둘러앉아 난 우리가 이렇게 살도록 노력해야 한다고 느꼈다. 사물이 살짝 기울어진 채 존재하는 시 안에서 세상을 재조립해야 한다고.

이제 내겐 초록색 재킷과 의례용 돌, 마누와 함께 먹는 아침, 테라스에 앉은 위대한 여인 그리고 시의 형상이 있었다.

인식의 확장

앨범 커버는 시각장애인 뮤지션의 사진이었다. 그는 두 눈을 감았고 긴 수염은 은하수처럼 반짝거렸다. 지금과 다른 미래를 사는 우리를 상상하며 주말마다 시내로 놀러 나갔던 대학 시절의 어느 날, 우린 이 앨범을 샀다. 그렇게 외출하면서 우리는 좋아하는 것과 싫어하는 것을 알아갔고, 우리만의 애교 섞인 말투를 만들었으며, 우리를 한 쌍의 T로 부르기 시작했다. 우린 즐겁게 사는 법을 탐구하고 있었다.

시각장애인의 음악은 동굴에서 춤추는 요정처럼 신비로웠고, 촉수를 움직이는 해양 동물처럼 감각적이었다. 우주 같았고 숲에서 자라는 작은 식물 같았다. 이 모든 비유는 우리가 몇 시간 동안 의식을 확장하려고 무언가를 먹었을 때 입에서 저절로 나왔던 표현이었다. 우리는 아주 조용한 어딘가로 가서 크레파스와 종이를 꺼내놓고 의식이 기울어지기 시작하면 곧바로 시각장애인의 음악을 듣곤 했다. 가끔은 울었고 가끔은 낄낄거렸다. 가끔은 주변 세상을 골똘히 바라보기도 했다.

우린 지금도 도시에서 그 시각장애인의 음악을 듣는다. 비록 이젠 우리의 마음을 기울이고 늘어나게 하는 것들은 먹지 않지만. 그렇기는 해도 그 시각장애인의 음악이 시작될 때마다 우린 숲에서 자라는 작은 식물을 떠올렸다. 그것은 약간 더 느리고 약간 더 낯설면서 사물의 색을 아주 선명하고 부드럽게 만드는 또 다른 주파수였다.

나이브 아티스트

천장이 유리 돔으로 된 갤러리에서 나이브(나이브 아트란 정규 교육을 받지 않고 직관적이고 본능적으로 창작하는 화풍을 말한다-옮긴이) 화가들의 전시회가 열렸다. 그 갤러리에서 열리는 전시회는 늘 큰 행사였다. 도시 곳곳에 전시회 포스터가 걸렸고 버스 광고로도 돌아다녔다. 꽃들이 점점이 흩어진 들판이 그려진 포스터는 꾸밈 없는 기쁨을 전달했다. 난 그 소박한 분위기가 마음에 들었고 그걸 공유하고 싶었다. 버스가 색종이를 흩뿌린 듯한 꽃들과 함께 내 옆으로 지나갈 때마다 난 나이브 화가들이 내게 무엇을 더 말해줄 수 있을지 궁금했다.

마누는 전시회에 관심이 없었다. 그런 부류의 그림은 자신을 짜증 나게 할 거라고 생각했기 때문이다.

어떤 부류의 그림을 말하는 거야?

있잖아. 유치한 그림.

그래서 대신 레나와 갔다. 가는 길에 레나는 머리에 꽃을 꽂았던 그날 저녁 이후로 라비와 연락을 주고받았다고 말했다.

곧 만나서 술 한잔하기로 했어. 난 라비가 그 사실을 우리에게 말하지 않았다는 게 서운했다.

잘됐네. 누가 먼저 연락한 거야?

아, 기억 안 나. 레나가 말했다. 그 말을 들으니 오히려 분명히 알 수 있었다.

라비는 다정해. 레나가 말을 이었다. 하지만 약간 정신없어 보였어. 그나저나 라비는 무슨 일을 해? 물어봤는데 제대로 대답을 안 하더라고.

많은 일을 하지. 산책도 하고, 책도 읽고, 영화도 보고. 난 짜증이 났다.

내 말이 무슨 뜻인지 알잖아. 레나가 말했다.

나이브 화풍의 화가들은 20세기에 모두 이 도시에 살았다. 몇몇 작품은 그 소박함이 오히려 감동적이었고, 시내 버스 옆면에 붙은 포스터에서 어렴풋이 느꼈던 감정을 한층 더 진하게 전해주었다. 그런가 하면 선명한 색을 사용하고 기교와 원근법이 부족한 작품들은 무언가를 표현하려 했지만 어설프게 끝난 듯했다. 우리는 분홍색 피부를 가진 여자의 평면적이고 거대한 머리와 그 뒤로 데이지 들판이 펼쳐진 그림 앞에 섰다.

애당초 세상에 이런 그림이 존재한다는 것 자체가 거슬려. 공간 낭비일 뿐이야. 레나가 말했다.

틀림없이 화가도 최선을 다했을 거야. 내가 말했다.

더 노력했어야지.

레나도 짜증을 냈다.

박물관을 나온 뒤 우리는 레스토랑을 찾아 쇼핑가를 걸었다. 우리가 지나친 레스토랑은 모두 너무 붐비거나 너무 비싸거나 너무 밋밋했다. 우린 그만 헤어지기로 했다. 난 라비에 대해 더 묻지 않았고 레나도 굳이 말하지 않았다.

난 콕 집어서 말하기 힘든 이상한 기분이었다. 지하철에서 한 정거장 일찍 내려 카페에 갔다. 와인 한 잔을 주문했더니 땅콩 한 그릇과 함께 나왔다. 와인과 땅콩을 다 먹은 뒤에 밖으로 나가 한 남자에게 담배를 빌리고는 예전에 라비가 했던 대로 동전을 내밀었다. 남자는 동전을 받지 않았지만 잠깐 이야기를 나누고 싶어 했고, 난 마지못해 말동무가 되어주었다.

집에 돌아온 나는 마누에게 시비를 걸었다. 코트를 벗는 내게 마누가 날 위해 샐러드를 만들었다고 했다.

내 건 만들지 말았어야지. 레나 만난다는 거 알았잖아. 내가 말했다.

저녁 먹고 온다고 안 했잖아.

내가 너 없이 외출한 게 백만 년 만이야. 그렇게 호들갑 떨지 마.

내가 왜 호들갑을 떨어?

네가 사람들 만나는 노력을 하지 않는다고 해서 나까지 그래야 한다는 뜻은 아냐.

말 참 못되게 한다.

우린 너무 고립됐어.

라비가 있잖아.

새로운 사람들 만나고 외출하고 새로운 대화 나누는 거 말이야.

다 우리가 하는 것들인데?

라비랑 술 마시는 게 네가 생각하는 충만한 삶이야?

그렇게 말하지 마. 마누가 말했다.

난 방으로 가서 침대에 누웠다. 눈을 감고 있었지만 마누가 곧 뒤따라 들어오는 소리가 들렸다. 그는 옷을 벗고 침대로 올라와 내 어깨에 손을 올렸다.

네가 기분이 나쁘다니 유감이야. 라비가 말했다. 내가 특히 저 말을 싫어한다는 걸 알면서도. 상담을 받은 사람들이 상담사에게 배워서 하는 말, 상대의 기분을 인정해주는 듯하지만 정작 상대와 감정적 거리를 좁히려는 노력은 전혀 하지 않는 말이었다. 상대를 외롭게 만드는 가장 확실한 방법이었다.

잠시 뒤에 마누가 말했다. 화나게 해서 미안해.

난 너무 민망해서 아무 말도 할 수 없었다. 그래서 마누의 팔을 끌어당겨 손을 잡았다.

공원에서

우린 매주 화요일과 목요일 아침마다 여기 모여 스트레칭을 하죠. 한 사람이 앞서서 하면 나머지가 따라서 해요. 저기요, 우리가 그냥 할머니들이라고 생각하겠지만 난 아직도 발에 손이 닿는답니다! 우린 다 함께 즐거운 시간을 보내죠. 인생은 이렇게 살아야 한다는 게 우리가 얻은 교훈이에요. 그래서 난 이 공원을 사랑해요. 오솔길과 호수도요. 공원에서 벤치에 앉아 있거나 산책하거나 풀밭에 누워 있는 사람들을 지켜보는 게 정말 좋아요. 우린 공원 모임에 꼬박꼬박 참석하죠. 이런 걸 소홀히 여기면 안 되니까요. 월요일과 수요일에는 만나서 차를 마신답니다. 물론 케이크도 한 조각 곁들여서요!

삶의 일기예보

겨울이 되자 새집을 찾으려던 우리의 계획은 흐지부지되었다. 술을 너무 많이 마셨고 너무 많이 먹었으며 주말마다 늦잠을 잤다. 지하철을 갈아타야 하는 곳에는 가기가 귀찮았다. 굳이 대출까지 받아야 할 이유가 없다는 나태한 생각까지 들기 시작했다. 왜 그렇게 많은 시간을 들여 새로운 동네, 새로운 집에 정착하려고 했을까? 왜 굳이 대출금 갚는 고민을 떠안으려 했을까? 가을에 이 집 저 집 보고 다녔던 열정은 이제 와서 보니 계절의 분위기에 휩쓸렸던 어리석은 행동 같았다.

    엄마가 집 알아보는 일은 어떻게 됐냐고 물었을 때 난 천천히 알아보기로 했다고 말했다.

아직은 여유가 있지. 아이가 생기기 전까지는.

엄마가 갑자기 선을 넘으며 말했다. 몇 년 전, 아기 이야기는 꺼낼 엄두도 안 난다고 엄마가 친척에게 말하는 걸 들은 적 있었다. 또 한 번은 할머니가 내게 **언제쯤 준비할 생각이냐**고 묻자 엄마가 끼어들어서 날 괴롭히지 말라고, 때가 되면 애들이 알아서 할 거라고 말했다. 하지만 이제 엄마는 내 편을 들어주지 않았다. 더는 낭비할 시간이 없다는 사실을 매주 내게 상기시켰다. 심지어 할머니보다 더 노골적으로. 지금까지 엄마는 내 비위를 맞춰주었고 마침내 본심을 드러낸 것이다.

난 서둘러 대화를 끝냈다.

네가 왜 화를 내는지 모르겠다. 엄마가 그렇게 말하자 난 지금 엄마의 행동은 할머니랑 똑같다고 대꾸하며 잔인한 쾌감을 느꼈다.

글쎄다, 할머니와 난 결혼이나 출산처럼 중요한 일에 있어서는 의견이 일치해.

마누에게는 엄마와 그런 대화를 나누었다고 말하지 않았다. 마누가 엄마 편을 들까 두려웠기 때문이다. 하지만 가을 내내 하루에도 몇 번씩 들락거렸던 부동산 사이트에 다시 들어가 이미 제외했던 매물들을 클릭하고 또 클릭했다.

새로 올라온 매물이 많았다. 그중 하나는 우리가 자주 지나다니는 골목길에 있었다. 우린 그 길을 끝까지 걸으며 마음에 드는 집을 고르려고 일부러 돌아가기도 했다. 마누는 벽돌

집을 좋아했고 난 창틀에 담쟁이와 세이지 화분이 놓인 하얀 집을 좋아했다. 우린 서로 내가 고른 집이 더 낫다고 티격태격했다.

어떻게 그런 집을 고를 수 있어. 넌 큰 실수를 저지른 거야. 난 그렇게 말하곤 했다. 그럼 마누는 어깨를 으쓱이며 원한다면 가끔씩 놀러 와도 된다고 했다.

매물로 나온 집은 한 번도 눈여겨본 적 없는 건물 안에 있었다. 우리보다 서너 살 더 많아 보이는 여자가 노크를 하기도 전에 문을 열어주었다. 우리에게 물을 마시겠냐고 묻더니 우리를 데리고 다니며 방을 보여주었다. 그 집의 모든 물건이 자연스럽게 느껴졌다. 오븐 위에 놓인 허브 병이며 스카프가 잔뜩 담긴 바구니도. 여자는 위층에서 일했고 책상은 신록이 우거진 골목을 내려다보고 있었다. 그녀가 사용하는 연필과 펜은 도자기로 만든 연필꽂이에 단정히 꽂혀 있었다.

그런데도 어딘가 이상했다. 마치 방들이 잘못 연결된 것처럼 구조적으로 어긋나 있었다. 난 그런 느낌을 떨쳐내고 여자에게 위층 방에서 일하는 게 좋냐고 물었다.

너무 좋죠. 그녀가 대답했다.

이 도시를 떠나시는 건가요? 마누가 물었다.

아뇨. 그냥 다른 동네로요.

그녀는 자세히 설명하지 않았고 우리도 어떻게 물어봐야 할지 몰랐다.

위치에 비해서 가격이 좋던데요. 난 그렇게 말하며 마누의 손을 잡았다. 이 골목길에서 사는 건 저희 꿈이었거든요.

여자는 우리 손을 슬쩍 보았다.

이 집을 빨리 팔아야 해서요. 그녀가 말했다.

부인과 남편분이요?

전남편이요.

우린 손을 풀었고, 그녀에게 집을 보여줘서 고맙다고 했다. 여자는 우리가 완전히 사라지기도 전에 문을 닫아버렸다.

밖으로 나오니 높은 하늘이 우릴 반갑게 맞아주었다. 마누도 나처럼 그 집이 구조적으로 어긋났다고 느꼈다. 마치 벽이 내리누르는 듯 답답했다고 했다. 난 사실 우리가 그렇게 느낄 이유는 전혀 없다고 말했다. 어쨌든 정말 완벽한 집이었다는 데 우린 동의했다. 우린 집을 고르는 우리의 태도, 다시 말해 완벽한 집에서 흠을 찾아내는 방식이 어딘가 잘못되었다는 걸 인정했다. 그럼에도 우린 유쾌하게 집으로 돌아갔다.

보이지 않는 세상

겉보기에 완벽했던 그 집에서 우리가 왜 그토록 불편했는지 할머니는 간단하게 설명해주었다. 그 집 전체가 **그것들로** 들끓었던 게 분명해.

그게 뭔데요, 할머니?

그것들을 소리 내어 부르면 안 돼.

유령 말하시는 거예요?

유령하고는 상관없어. 걔네는 독자적인 존재야. 인간도 유령도 아니지. 할머니가 말했다.

그럼 뭔데요?

어떻게 그 간단한 걸 모르니? 할머니가 말했다. 나도 그게 궁금했다.

어쨌든 그것들 얘긴 너무 많이 하지 않는 게 최선이야. 그냥 내버려두고 넌 네 인생을 살려무나. 할머니가 말했다.

이름을 붙이는 방식

테레자는 가끔씩 우리 이름을 잊어버리거나 다른 이름으로 불렀다. 하지만 검버섯이 핀 작은 손으로 테이블을 톡톡 치며 우리가 읽는 시를 함께 암송했다. 각운이 나오는 부분에서는 언제나 우리보다 한발 앞섰다.

어느 날 저녁, 우린 감자샐러드와 절인 생선을 들고 위층으로 올라갔다. 우린 테레자가 어릴 때 이런 음식을 먹었을 거라고 짐작했지만 순전히 우리의 추측일 뿐이었다. 어쨌든 이 음식은 맛뿐 아니라 시적인 감성으로 우릴 즐겁게 했다. 하지만 문을 열어준 사람은 의심스러운 표정에 세련되게 차려입은 여자였다.

우린 테레자 할머니의 이웃이에요. 오늘 저녁에 함께 식사하기로 했어요. 내가 설명했다.

친절하기도 해라. 여자가 말했다. 하지만 이젠 조치를 취해야 해서요. 마냥 이웃 사람들의 친절에 기대 끼니를 이을 순 없죠.

우리가 가져온 음식이 단지 배를 채우는 것이 아니라 상징적인 의미도 있다는 사실은 설명할 기회조차 없었다.

엄마는 요즘 혼자 옷을 입기도 힘들어요.

그때 테레자가 현관에 나타났다. 분홍색 여름용 원피스에 울 카디건을 걸쳤고, 난 테레자가 제대로 잘 차려입었다고 생각했다.

엄마의 친절한 이웃이 왔어요. 이분들이 음식 가져오는 걸 알았어요? 테레자의 딸이 말했다.

우리만의 비밀 모임이란다. 하지만 이번에는 너도 끼워주마. 테레자가 말했다.

엄마, 이상한 소리 하지 마세요. 딸이 말했다.

우리는 시집 없이 식탁에 둘러앉았다. 테레자는 대학생들이 손에 손을 잡고 군인을 막아낸 이야기를 시작했다. 우리 모임을 지켜보는 딸이 있어서 그런지 평소보다 훨씬 더 생기가 넘쳤다.

테레자의 딸은 나와 마누를 바라보며 말했다. 이 이야기는 대부분 지어낸 거예요.

우린 얼른 먹고 자리에서 일어났다. 테레자의 딸이 디저트는 절대 먹으면 안 된다고 했다.

하지만 초콜릿은 시나 다름없어! 테레자가 해맑게 말했다.

그걸 먹었다가는 혈당이 올라서 혼수상태에 빠질 거예요.

딸이 말했다.

현관에서 테레자의 딸은 다음 주말에 우리를 저녁 식사에 초대했다. 우리가 만나고 싶어 할 만한 예술가와 작가들이 올 거라고 했다. 이때쯤에는 몇 가지 질문으로 우리가 어떤 부류이며 어떤 계층에 속하는지 대충 파악한 상태였다. 하지만 우리에게 잘 가라고 손을 흔드는 테레자는 초대하지 않았다.

그거 정말 좋겠네요. 내가 웅얼거렸다.

연락드리죠. 마누가 말했다.

가까우면서도 먼

마누의 생일날 나는 마누의 생일을 축하해줄 사람이 나밖에 없다는 사실에 슬픈 마음으로 잠에서 깼다. 그런 날에는 우리가 되는대로 산다는 느낌이 더욱 강해졌다. 더 정확히 말하면 우리 가족의 눈에 더욱 그렇게 보일 듯했다. 우리의 생일이면 가족들은 잠에서 깨 낯선 도시에서 단둘이 지내는 우리를 떠올렸으리라.

난 오렌지를 짜고, 토스트와 페이스트리, 커피를 쟁반에 예쁘게 담았다. 쟁반에 꽃도 한 송이 놓았다가 잡지에 나올 법한 연출로 보여 마음을 바꿔 다시 꽃병에 꽂았다. 마누는 이미 잠에서 깼지만 아침을 침대로 가져다주고 싶다는 내 뜻을 존중해 아직 침대에 누워 있었다. 비록 우리 둘 다 침대에서 아침을 먹는 습관은 없었지만. 마누는 나와 함께 빵집에 가서 빵을 사 오고 식탁에서 커피를 마신 뒤 인터넷을 하는 걸 더 좋아했을 것이다. 하지만 난 오늘을 특별하게 만들고 싶었다.

난 소소한 물건을 담아 선물 바구니를 만들었다. 책, 초콜릿, 줄무늬 스카프. 내가 공원에서 주워 온 돌과 도토리도 있었고 멋진 펜도 있었다. 물욕이 거의 없는 마누 때문에 매년 선물을 고르기가 힘들었다. 마누는 여러 개 중에 하나를 고르느니 차라리 아무것도 안 받는 걸 더 좋아했다. 뒷주머니에 구멍 뚫린 반바지며 여러 번 빨아서 색이 칙칙해진 흰 티셔츠도 아무렇지 않게 입고 다녔다.

마누는 내가 침대 옆에 가져다 둔 선물 바구니를 찬찬히 살펴보며 말했다.

예쁘게 포장했네. 그는 도토리를 제일 마음에 들어 했다.

시부모님에게 전화가 왔다. 다정하면서도 차분한 마누의 말투로 보아 시어머니는 우는 게 틀림없었다. 우리 엄마와 아빠도 전화했다. 마누의 형도 전화했고 형은 조카들을 한 명씩 바꿔주었다. 그다음에는 사촌에게서 전화가 왔다.

고맙습니다. 마누는 거듭 그렇게 말했다. 우리도 가족과 함께 있었으면 좋겠어요.

난 전화 통화만 하다가 하루가 다 가버릴까 걱정됐는데 결국 그렇게 되고 말았다.

이튿날은 마음이 한결 홀가분했다. 행복한 날에 가족을 슬프게 하는 건 아닐까 하는 걱정이 없었기 때문이다.

우린 근처 레스토랑에서 생일을 축하하기로 하고 책을 가져가 야외 히터 옆에서 술을 마셨다.

오늘이 제일 행복하네. 마누가 말했다.

저녁을 먹으며 마누는 특유의 엉뚱한 질문을 던졌다. 우리가 농부가 된다면 어떤 농부가 될까? 어느 시대에 살고 싶어? 우주 비행사가 될래, 아니면 심해 잠수부가 될래? 그런 질문을 듣고 있자니 난 마누가 가정하는 극한의 상황에서는 단 하루도 못 버틸 거라는 기분이 들었다. 먹을 만한 작물은 전혀 재배하지 못할 테고, 전쟁이나 전염병에서도 살아남지 못할 것이며, 우주선이나 잠수함에서는 멀미를 견디지 못했으리라. 이런 내 생각을 마누에게 말했다.

내가 도와줄게. 우린 괜찮을 거야. 마누가 말했다.

우린 살짝 취해 우리끼리만 통하는 실없는 소리를 하며 집으로 걸어갔다.

사고 한번 쳐볼까? 마누가 말했다.

사고 한번 치고 뒤집어버리자. 내가 맞받았다.

이후의 삶

테레자의 딸이 패닉에 빠져 내게 전화했다.

엄마가 산책하러 나갔는데 아직 돌아오지 않았어요. 혹시 엄마 어디 있는지 아세요?

모르는데요.

어이가 없어요. 엄마는 노망이 든 거나 마찬가지예요. 딸이 말했다.

그렇지 않아요. 며칠 전에 테레자를 만났는데 기분이 아주 좋아 보였어요. 우린 한 시간 내내 소네트를 낭독한걸요. 하지만 이런 내 말이 별 도움이 안 된다는 걸 알고 있었다.

저기요. 혹시 밖으로 나가서 엄마가 있는지 찾아봐줄 수 있겠어요? 딸이 말했다.

난 라비와 마누를 만나러 맥주 바로 가는 길이었다. 이 딸이라는 여자가 테레자를 치매 노인 취급하는 게 짜증이 났다. 그래도 난 아직 엄마가 산책나갈 때마다 집에 제대로 돌아오는지 걱정해야 할 처지는 아니었다. 어쨌든 아직은.

모퉁이를 막 돌았을 때 다시 핸드폰이 울렸다.

엄마가 왔어요. 딸이 말했다. 미술관에 갔다가 혼자 기분을 내려고 외식을 했대요.

다행이네요. 테레자는 그런 시간을 좀 더 자주 가져야 해요. 내가 고집스럽게 말했다.

근원에서 온 물

그 주 어느 날 아침, 엄마에게 전화가 왔다. 엄마가 아침에 전화한 적은 처음이었다.

아시아. 엄마가 아주 다정하게 말했다. 너한테 할 얘기가 있어.

무슨 일이에요?

걱정할 일은 아닌데 좀 신경 쓰이는 일이야.

난 숨을 죽였다.

할머니가 약간 편찮으셔.

엄마는 할머니와 함께 살게 된 이후로 내게 할머니를 '할머니'라 부른 적이 없었다. 그 호칭은 내가 거의 잊고 있었던 애정 표현이자 우리 셋을 하나로 이어주는 연결고리였다.

몇 주 전에 할머니가 배탈이 났는데 낫지를 않아서 병원에 갔어. 검사를 했더니 작은 종양이 나왔어.

얼마나 작은데?

우리 수술받아야 해.

우리가 누구야? 난 의미 없는 질문을 던졌다. 할머니가 수술을 받아야 한단 말이야?

그래, 그 뜻이야.

비행기 예약할게.

아직은 올 필요 없어. 네가 와야 할 때가 되면 그때 말할게. 엄마가 말했다.

그 후로 몇 시간 동안 난 아무하고도 얘기하지 않았다. 빨래 한 바구니를 돌리고 솔기와 소매를 일일이 펴가며 정성스럽게 널었다. 배낭도 비우고 정리했다. 그런 다음 할머니에게 전화했다.

할머니, 소화가 잘 안된다고 들었어요. 내가 말했다.

난 늘 거기가 말썽이었어.

많이 힘드세요?

걱정하지 마라. 할머니가 단호하게 말했다.

저녁이 되어서야 난 마누에게 말했다. 우린 저녁밥이 담긴 그릇을 든 채 소파에 앉아 있었다. 마누는 막 컴퓨터 재생 버튼을 누르려던 참이었다. 지난 회에서 형사는 범인이 누구인지 눈치챘지만 파트너에게 말하지 않았다. 그래서 파트너는 지켜주는 사람 없이 혼자 행동하다가 큰 위험에 처했다.

아이고, 저런. 마누가 말했다. 안 되겠다. 비행기 표 예약하자. 마누는 그릇을 내려놓았다.

난 이 일을 다른 사람에게는 얘기하지 않았다. 내가 받은 충격을 입 밖으로 내기도 곤란했다. 원래 조부모는 늙기 마련이고 아프기 마련이다. 이런 종류의 슬픔은 남들이 일상을 멈추거나 불편을 감수해가며 공감해주길 바랄 수 있는 성질의 것이 아니었다.

세상에는 일상을 송두리째 뒤흔드는, 최상급의 비극이 있었다. 평소에는 좀처럼 보기 힘든 친절을 불러오는 비극. 그런가 하면 삶 자체에 내재된 비극도 있었다. 삶은 상실과 파괴의 연속이었지만 그럼에도 단 한 순간도 멈추지 않고 흘러갔다.

이튿날 일찌감치 장비를 챙겨 공원으로 갔다.

온천수가 흘러나오는 분수대 근처 벤치에 앉았다. 사람들은 물을 받으려고 물병과 유리병을 가져왔다. 양동이를 들고 줄을 선 여자도 있었다. 그녀에게 물을 받아서 어디에 쓰냐고 물었다.

마시죠. 여자가 약간 비웃듯이 말했다.

왜 그냥 수돗물을 마시지 않으세요?

이 물에는 화학물질이 없어요.

화학물질이라뇨?

불소며 정부가 우리 몸에 주입하는 다른 모든 물질이요.

정부가 왜 그런다고 생각하세요?

자연 속에서 사는 법을 모르니까요.

하지만 누군가 여기 분수를 설치했잖아요. 그건 적어도 조금은 안다는 증거가 아닐까요?

그렇죠.

물에 첨가된 모든 성분이 나쁘다고 생각하세요? 단지 물이 자연 상태가 아니라는 이유만으로요?

난 내 질문이 엉뚱한 방향으로 흐르고 있음을 깨달았다. 이 여자를 이해하려고 하기보다는 처음부터 반박하려고 작정했다. 그녀는 양동이를 집어 들었다.

난 그냥 물을 받으려고 온 거예요. 그런 건 다른 사람한테 물어보세요.

여자는 물을 받은 뒤 자리를 떴다.

난 여러 개의 물병에 물을 받는 중년 남자에게 왜 물을 받는지 물었다. 그는 어깨를 으쓱였다.

물맛이 더 좋나요? 내가 캐물었다.

딱히 그렇진 않아요.

그의 뒤에는 우리 할머니 또래로 보이는 노부인이 있었다. 그녀는 공원 근처에 살아서 매일 여기 온다고 했다. 그냥 외출하기 위한 핑계죠. 그녀가 말했다.

공원에 더 머물렀더라면 그녀와 제대로 된 대화를 나눴을 텐데 마음이 초조해져서 그만 집에 가기로 했다. 자전거를 타고 내리막길을 내려가면서 오늘 제대로 한 일이 아무것도 없음을 깨달았다. 적어도 마누가 오기 전에 저녁을 준비할 수는 있으리라. 난 정성스러운 음식을 준비하려고 마음먹을 때마다 가는 식자재 협동조합에서 양배추와 파스닙, 처음 들어보는 곡물을 샀다. 정육점에 들러 사골도 샀다. 이걸로 육수를 내보자고 야심 차게 생각했다. 비록 해본 적은 없었지만.

집에 돌아왔을 무렵에는 별다른 이유도 없이 녹초가 되었고 뼛속까지 피곤했다. 아침에 엄마에게 문자를 보냈지만 따로 전화가 오진 않았다. 그저 수술 날짜가 잡혔다는 짧은 문자만 받았다.

난 외출복을 입은 채 침대에 누워—어릴 때는 철저히 금기시되던 일—장면마다 옷이 바뀌는 여자들이 등장하는 드라마 몇 편을 연달아 보았다. 육수 내는 일은 이미 포기한 후였다.

유대의 원칙

기다리는 것 말고는 할 수 있는 일이 없었다. 앞으로도 늘 이런 식이리라. 심지어 우리가 속하지도 않은 도시에서 마냥 소식이 오기만을 기다릴 것이다.

그러는 동안 샤론과 폴은 브런치에 사람들을 초대했다. 라비도 초대를 받았지만 다른 일이 있다고 했다.

무슨 일? 난 문자로 물었다.

친구들도 만나야 하고, 볼일도 있어. 레나 이야기가 나왔을 때도 그는 문자를 몇 번 주고받았다는 말만 했다. 마치 우리가 친한 사이가 아니라는 듯이 얼버무리는 태도가 내게는 모욕적이었다.

난 마누에게 브런치에 가자고 했다.

귀찮은데. 그냥 핑계 대고 빠질 순 없어? 마누가 말했다.

그렇게 나쁜 사람들은 아니야.

왜 날 자꾸 초대하는지 모르겠어.

널 좋아하니까.

널 좋아하는 거지. 그러니까 나도 곁다리로 끼워주는 거고.

사실이었다. 난 샤론과 폴의 호들갑스러운 사교성에 맞춰주는 게 어렵지 않았다. 심지어 즐기기까지 했다. 마누 앞에서는 약간 민망했지만.

현관문이 열리자 샤론과 폴의 딸 이지도 보였다. 이지는 비닐봉지로 만든 망토를 두르고 있었는데 양팔을 벌린 채 우릴 향해 달려왔다.

너 용이니? 마누가 물었다.

아니! 이지는 그렇게 말하더니 마누 주위를 빙빙 돌았다.

그럼 태즈매니아 데빌(애니메이션에 등장하는 캐릭터-옮긴이)?

이지는 더 빨리 돌더니 마누에게 와락 안겼다.

어머, 이지가 당신을 정말 좋아하네요. 샤론이 말했다.

리넨 앞치마를 두른 채 달걀프라이를 만들고 있던 폴은 조리대 뒤에서 손을 흔들며 우리에게 편하게 덜어 먹으라고 했다.

식탁에는 치즈와 과일, 페이스트리가 차려져 있었다. 우리가 접시에 음식을 담자 이지가 우리를 막아섰다.

먹으면 안 돼. 이지가 말했다.

마법의 비밀번호를 말한다면? 난 그렇게 말하며 빵 한 조각을 집었다.

이지는 잠시 말이 없더니 울음을 터뜨렸다. 귀를 찌르는 듯한 소리가 방 안 가득 울려 퍼졌다.

알았어. 다시 내려놓을게. 내가 서둘러 말했다.

이지, 어른들 그만 괴롭혀. 샤론이 외쳤다.

우리가 먹기 시작할 무렵 이지는 모든 손님에게 한없이 사랑스러웠다가 또 한없이 변덕스럽게 굴었다. 샤론과 폴은 딸의 당당한 모습에 흐뭇해하면서도 이내 그만하라고 말했다. 과자 접시와 아이패드를 받은 이지는 우리가 오후 늦게 떠날 때까지 최면에 걸린 듯 얌전히 앉아 있었다. 가끔 손님 중 누군가가 소파에 앉아 짧은 다리를 대롱거리는 이지가 너무 사랑스럽다고 말했다. 하지만 이지도 식탁에 앉히자고 제안하는 사람은 아무도 없었다.

난 이것도 내 목록에 넣어보려고 했다. 초록색 재킷, 마누와 함께 먹는 아침, 의례용 돌, 아이패드를 들고 소파에 앉아 있는 아이. 하지만 겉으로만 봐서는 타인의 진정한 기쁨을 이해할 수 없었다. 표면적으로 볼 때는 지금의 저 상황이 그다지 즐거워 보이지 않았다.

음식을 다 치운 뒤에는 식탁에 둘러앉아 커피를 마시다가 와인으로 넘어갔다. 대화 주제는 모두에게 흥미로웠다. TV 드라마, 새로 생긴 술집, 시청이나 관공서에서 겪는 짜증 나는 일들. 마누가 즐거워 보이긴 했어도 내가 그의 오후를 낭비하고 있다는 느낌이 들었다.

우리가 자전거에 올라탈 무렵에는 이미 해가 져 있었다. 우린 경치가 좋은 길을 다시 따라갔고, 바람에 볼이 알싸해졌다. 이슬비가 내리자 눈앞의 가로등 불빛이 번져 보였다. 우린 여러 동네를 지나쳤는데 마치 이 도시에서 보낸 여러 해를 돌아보는 여행 같았다. 우리가 이사했던 해, 친구가 없어서 온갖 박물관을 다 돌아다녔던 해, 라비를 만나 거의 매일 함께 외식했던 해.

그날 밤, 잠옷으로 갈아입은 마누가 바닥에 앉아 마리화나를 말고 있을 때 난 브런치에서 있었던 일은 거의 기억나지 않았다.

오늘 즐거웠어? 내가 물었다.

응. 자전거 타고 돌아오는 길이 너무 좋았어. 마누가 말했다.

경치 좋은 길을 따라 자전거 타기, 그것도 내 목록에 넣을 수 있을 것 같다. 하지만 과연 타국 도시에서 함께 자전거를 탄 일이 목록에서 자리를 지킬 수 있을 정도로 강렬한 기억인지는 잘 모르겠다.

구애

라비는 벼룩시장에도 함께 못 갔다. 이번에는 라비가 레나와 만나기로 했다고 말했다. 마누와 난 정처 없이 좌판을 둘러보았다. 그냥 뭔가 사야 할 것 같아서 꽃병을 샀다. 우리 둘 다 그 꽃병이 딱히 마음에 들지 않았는데도. 그런 다음 푸드 트럭에서 빵을 사 벤치에 앉아 먹었다. 신문지로 만든 원뿔 포장 용기에 담긴 도넛 볼이었는데 우린 그걸 설탕에 찍어 먹었다. 원래는 이 시간에 라비와 함께 허름한 바에서 술을 마시곤 했다.

둘이 무슨 이야기할까? 내가 마누에게 물었다.

주로 레나가 말하고 라비는 듣지 않을까?

둘이 잘 안 맞을 거 같아. 넌?

난 어느 정도는 맞을 거 같은데.

하지만 넌 늘 레나가 호들갑스럽다고 했잖아.

그랬지. 그래도 예쁘잖아.

라비는 레나가 좋아하는 스타일은 아닌 것 같아. 레나도 자기 입으로 그렇게 말했어.

뭐라고 했는데?

라비가 정신없어 보인다고.

사람 속은 알 수 없지. 더는 추측하길 거부하며 마누가 말했다. 나도 이런 이야기를 계속하는 게 한심하다는 건 알지만 그래도 마누가 내 기분을 좀 더 맞춰주길 바랐다.

집에 돌아와 꽃병을 여기저기 놓아봤지만 어디에도 어울리지 않았다. 흉측해 보이기까지 했다. 결국 순간적으로 어떤 환상이나 기대감을 떠올리게 해 충동적으로 구입한 물건들을 넣어둔 찬장에 치워버렸다.

미래의 우리들

한 여자가 팔로 아기를 안은 채 문을 열어주었다.

막 점심을 끝낸 참이에요. 마음껏 둘러보세요. 그녀가 말했다.

침실은 넓었고 문이 전부 거울로 된 거대한 벽장이 있었다. 대리석으로 만든 욕실은 번쩍번쩍했고 가장자리에 전구를 두른 거울이 있었다. 아기방에는 거울을 제외하면 벽에 못이 하나도 박혀 있지 않았다.

거실 한쪽에는 따로 구분된 공간이 있었는데 카펫이 깔렸고, 봉제 인형과 플라스틱 장난감이 담긴 바구니가 있었다. 반대편 공간은 텔레비전 세트가 차지했다. 여자는 슈퍼마켓, 우체국, 어린이집이 전부 걸어갈 수 있는 거리에 있다고 했다. 그 사실이 시적인 동시에 평범하게 느껴졌다. 이웃도 전부 젊은 부부들이에요. 여자가 말을 이었다. 내년에는 건물 입구를 리모델링할 계획이고요. 말을 할수록 이 집에 대한 그녀의 만족감이 뚜렷해졌다. 몇 분 뒤에 또 다른 커플이 보러 오기로 했어요. 그만 가달라는 뜻으로 그녀가 말했다.

우린 카페에 가자는 말조차 꺼내지 않았다. 그토록 실용적이면서도 편안한 삶, 번쩍이는 거울투성이에 의례용 돌을 놓아둘 곳은 하나도 없는 삶에 기가 빨린 듯했다. 우린 한 시간 넘게 집까지 걸어갔다. 구시가지를 통과하며 그 집의 흔적을 털어냈다. 그렇다면 여기서 얻은 교훈은 뭘까? 우린 어떻게 살아야 할까?

삶과 죽음

자줏빛이 도는 할머니의 창백한 얼굴은 어딘가 놀란 사람 같았다. 내가 뻔한 소리를—수술이 끝났으니 이제는 기운을 차리는 데 집중해야 해요—하는 동안 할머니는 화면 밖으로 살짝 나간 머리를 끄덕였다. 할머니의 눈이 다시 감기자 침대

옆 안락의자에 앉아 있던 엄마가 핸드폰 화면을 당신 쪽으로 옮겼다.

초콜릿 보내줘서 고맙다. 엄마가 말했다. 난 병원으로 큼직한 초콜릿 한 상자를 보낸 터였다. 비록 엄마도 할머니도 초콜릿을 먹을 상태가 아니라는 걸 내 눈으로 직접 확인할 수 있었지만.

공원에서

몇 달 전에 임신하면서부터 이 공원에 오기 시작했어요. 임신 초기 몇 달은 꿈 꾸는 거 같을 거라고 생각했어요. 나 자신이 나무와 새에 둘러싸인 자연의 일부라고 생각했죠. 하지만 사실 이 공원에 오게 된 이유는 치과와 가까워서예요. 치과가 아니었다면 이쪽 동네는 절대 오지 않았을 거예요. 아뇨, 내가 생각했던 것처럼 꿈같은 시간은 아니었어요. 오히려 잔혹한 시간이었죠. 이가 벌써 두 개나 빠진걸요. 2주에 한 번씩 치과에 가죠. 하지만 부은 잇몸 통증을 줄이려다가 아기에게 해가 갈까 걱정이에요. 엑스레이며 마취제, 항생제 그리고 몇 시간씩 가만히 누워 있는 일이요. 의사는 전부 공식적으로 승인된 시술이라고 하지만 그 사람들이 뭘 알겠어요?

다양한 삶의 방식

내가 아무것도 모른다는 생각이 점점 더 자주 들었다. 주말에만 서는 장에서 우린 어떻게 요리해야 할지도 모르는 음식 재료를 샀다. 하트 모양으로 생긴 민물고기, 끝에 작은 열매가 달린 허브, 아이리스 색깔의 뿌리채소. 이런 제철 식재료를 꼭 사야 할 듯했다. 그런데 이게 정말로 제철 식재료일까? 어쩌면 그날만 우리 눈에 들어온 게 아닐까?

집으로 가는 길에 마누는 주말에만 꺼내는 킥보드를 타고 앞으로 쭉 나아갔다. 너무 멀리 갔다 싶으면 멈춰서 기다렸다가 다시 돌아와 내 주위를 맴돌았다.

두 블록 정도는 그냥 걸으면 안 돼?

마누는 다시 내 주위를 돌았다.

너 때문에 어지러워. 내가 말했다.

마음이 차분해졌고 난 울적했던 기분에서 벗어났다. 그날 아침, 엄마가 할머니 사진을 보내주었다. 할머니는 머리가 젖은 채 어깨에 수건을 두르고 병원 침대에 앉아 있었다. 사진 아래 엄마는 이렇게 썼다. **뽀송뽀송해진 할머니. 깨끗하게 목욕하고 빗질까지 마침.** 날 기쁘게 하려고 보낸 사진이었지만 오히려 난 비참해졌다. 난 그 사진을 마누에게 보여주지 않았다. 대신 마누에게 이래라저래라 참견해대고, 장바구니를 잘못 가져왔다고 퉁명스럽게 쏘아붙이고, 코트도 안 입고 나갔다가 감기에 걸릴 작정이냐고 잔소리를 하고, 생선가게 좌판에서 느릿느릿 움직이는 랍스터를 구경하려고 걸음을 멈춘 마누에게 어서 가자고 재촉했다.

나는 우리가 시간을 낭비하고 있으며 서둘러 할 일을 해야 한다는 느낌이 들었다. 이후에 딱히 계획한 일이 많지 않았는데도.

어디 들어가서 커피나 한잔 마시자. 마누가 말했다.

그러다간 생선이 상할 거야.

딱 30분만.

마음대로 해. 난 그렇게 말했고 마누는 내 말투에 담긴 짜증을 못 들은 척했다.

우린 집에서 제일 가까운 카페로 갔다. 아주 멋진 카페는 아니었다. 세 남자가 프레첼을 안주 삼아 맥주를 마셨고 노부부는 말없이 나란히 앉아 있었다.

저거 봐. 미래의 나야. 마누가 노부부를 보고 말했다. 할아버지는 얼룩이 묻은 셔츠를 입었고 할머니는 다정하면서도 장난기 가득한 표정이었다. 둘 다 약간 통통했지만 행복해 보였다.

그건 우리가 사귀던 초창기부터 했던 놀이였다. 당시 우리는 캠퍼스를 벗어나 동네를 어슬렁거렸는데 노부부에게서 미래의 우리 모습을 발견하곤 했다. 특히 약간 덤벙거리는 노부부에게서. 살짝 남루한 외모가 어떤 면에서는 그들의 내면적 여유, 오랜 세월을 버티게 해준 소박함의 징표라고 생각했다. 후줄근한 옷차림의 노부부를 보며 세상에는 다양한 삶의 방식이 있다는 걸 알 수 있었다.

웨이터가 오자 난 커피와 함께 먹을 페이스트리도 주문하자고 했다.

아주 좋은 생각이야. 마누가 말했다.

우린 성인이야 젠장. 내가 말했다.

이방인

할머니가 퇴원하셨다.

할머니의 멋진 침대를 보렴. 내가 볼 수 있도록 핸드폰 화면을 기울이며 엄마가 말했다. 리모컨으로 침대의 머리나 다리 부분을 올리거나 내릴 수 있었다. 할머니는 창백한 얼굴로 말없이 누워 있다가 잠시 후에야 팔을 들어 인사했다.

난 저 침대가 언제 도착했는지도 몰랐고 누가 저 침대의 배달과 설치를 맡았는지도 몰랐다.

할머니의 하루하루는 한 가지 일을 중심으로 돌아갔다. 목욕하기, 시트 갈기, 난간 잡고 몇 걸음 걷기. 몇 주 뒤에는 한 차례 치료를 받을 예정이었다.

원래는 할머니가 퇴원하시면 고향에 갈 계획이었으나 지금은 이곳을 떠날 수 없다는 걸 깨달았다. 체류 허가증이 만료되었고 새 허가증이 아직 도착하지 않았기 때문이다.

걱정 마라. 다 알아서 했어. 곁에 있어 주지 못해서 미안하다고 사과할 때마다 엄마는 그렇게 말했다.

그 말을 들으면 한층 더 서글퍼졌다. 애초에 내가 올 거라고 기대한 적 없고, 내게 의지할 수 있을 거라고 생각하지도 않았다는 듯이.

나는 더 많은 초콜릿과 할머니가 쓸 숄을 보냈다. 그동안 친척과 친구들이 직접 만든 케이크와 수프를 가져다 주었다. 그래도 내 선물이 가장 눈에 띄는 자리에 놓였고, 할머니는 손님이 올 때마다 내 초콜릿을 맛보라고 권했다. 난 영상통화를 하다가 우연히 그 장면을 보게 되었는데 마침 그때 아래층 이웃이 과일 접시를 들고 왔다.

마침 잘 왔네, 아시아랑 인사해. 할머니가 자랑스럽게 말했다.

이웃집 여자는 내 쪽을 향해 손을 흔들었다.

할머니가 늘 손녀분 얘기를 하셨어요. 그녀가 말했다. 반면 난 그녀에 대해 아무것도 몰랐다. 이름조차도. 엄마는 그녀를 그저 아래층 이웃으로만 언급했다. 하지만 이젠 세 사람이 느슨한 공동체를 이뤘고, 난 그저 화면 속 게스트에 불과하다는 사실을 알 수 있었다. 이웃집 여자는 침대 발치에 앉아 할머니의 발목을 마사지하고 있었다. 반려동물 혹은 아이의 머리를 쓰다듬듯이 아주 자연스럽게. 그녀에게 우리 할머니의 발목에서 손을 떼라고 말하고 싶었다. 그러다가 이내 그들 모두에게 사과하고 싶은 충동이 들었다.

구애

전시회를 보고 서로 기분이 안 좋은 상태에서 헤어진 뒤로 난 레나를 만나지 않았다. 한두 번 문자를 주고받았으나 우리 사이가 서먹해졌다는 걸 둘 다 알고 있었다. 결국 레나가 먼저 자신의 교대 근무가 끝나는 시간에 카페로 와달라고 했다.

 난 일찍 도착해 야외 테이블에 앉았다. 또 다른 웨이트리스가 주문을 받았다. 레나는 카운터 옆에서 젊은 남자와 이야기하고 있었는데 얼굴이 환히 빛나는 듯했다. 일종의 자신감일 거라고 난 짐작했다. 아마 사랑에 빠져서일 거라고.

 레나가 나왔을 때 난 커피를 다 마신 뒤였다. 레나는 허리에 묶은 앞치마를 풀고 머리를 틀어 올렸던 연필도 빼낸 다음 내 맞은편에 앉았다.

 진짜 오랜만이네. 그녀가 말했다.

 난 감정을 자제하려고 마음먹었지만 레나를 다시 만나 반가울 뿐이었다.

 지금까지 있었던 일을 다 털어놓고 정리 좀 해야겠어. 레나가 말했다. 라비랑 내가 몇 번 만난 건 너도 알고 있지?

 만났다는 것만 알아.

 라비가 말 안 했어?

 딱히.

 너희 셋은 뭐든 서로 말하는 줄 알았는데. 레나가 풀 죽은 목소리로 말했다.

그러니까 레나의 얼굴에서 자신감이 빛난다는 내 생각은 틀렸다.

우리 모두 차려입고 외출한 날 이후 레나는 라비에게 문자를 보냈다. 그날 밤에 분명 둘이 마음이 통했다 생각했기에 먼저 연락하는 걸 조금도 망설이지 않았다. 비록 평소에는 이런 사소한 연락 문제에 있어서 민감한 편이었는데도. 둘은 며칠 뒤에 만나서 영화를 보았다. 둘 사이는 모든 면에서 순조로운 듯했다.

순조롭기는 했지만 편하진 않았어. 라비는 꽤 불안해하는 스타일이더라고.

둘은 몇 시간씩 걸었다. 걷는 동안 아무 일도 없었지만 서로 끌린다는 사실은 부인할 수 없었다.

모든 게 내 착각이었다고 생각하게 만드는 이 상황이 싫어. 레나가 말했다.

둘은 점심을 먹고 공연을 보기로 하고 다시 만났지만 공연은 보지 않기로 했다. 이야기하는 게 너무 즐거웠기 때문이다. 그날도 둘은 온종일 걸어 다녔다. 헤어질 무렵에 레나는 둘이 잘 통했다고 확신했던 터라 라비에게 키스했다. 라비가 너무 소심해서 먼저 키스하지 않는 거라고 생각했다. 그리고 그걸로 끝이었다. 그 후로 라비는 그녀에게 문자를 보내지 않았다. 키스한 뒤로는 그녀 집에도 오고 싶어 하지 않았다고 레나는 덧붙였다.

너무 혼란스러워. 솔직히 자존심 상해. 레나가 말했다.

라비 진짜 짜증 난다. 대체 왜 그런데? 내가 말했다.

이 일 때문에 너무 불안해. 하루하루 겨우 버티는 중이야. 레나가 말했다.

난 영화를 보러 가자고 했고 우린 두 여자가 저항의 뜻으로 섬에서 단둘이 사는 영화의 티켓을 예매했다. 초콜릿과 팝콘, 펩시도 샀다. 영화를 보고 나왔을 때는 이미 어두워진 뒤였다.

미래의 우리들

이번 집은 구시가의 끝자락, 두 개의 다른 도시 사이에 통로처럼 낀 가파른 언덕에 있었다.

계단에서는 곰팡내가 났고 엘리베이터도 없으며 야외 공간이라고 광고했던 안뜰에는 그저 대형 쓰레기통만 있었다. 공인중개사는 그 뜰에 유모차를 놓아두면 편할 거라고 했다. 그들은 종종 우리에게 아이와 함께하는 미래를 제시했다. 남는 방은 아기방으로 쓰라고 하거나 인근의 학교와 어린이집을 알려주면서. 정작 아이를 낳을 계획이냐고 묻지 않았고 우리는 그들의 말에 동의하지도, 그 말을 정정하지도 않았다. 어차피 동의든 정정이든 딱히 할 말이 없긴 했다. 그것은 우리 삶 한가운데 놓인, 입에 담은 적 없고 아직 정리되지 않은 문제였다.

집은 낡았지만 노후되었다기보다 오히려 정감 있었다. 거실 천장은 대들보가 가로질렀고 침실에는 타일로 만든 벽난로가 있었다. 이제는 사용하지 않았지만 그래도 저 안을 양초로 채울 수 있었다. 난 벌써 머릿속으로 크기가 다른 흰 양초 여러 개를 저 안에 넣어보았다. 문득 이 집에서 사는 우리의 모습이 보였다. 우리의 소파, 접시, 수건과 함께. 다른 여자들이 아이를 가지는 미래를 상상할 때도 이럴까? 아이가 자신의 삶 속에 들어온 모습이 쉽게 그려지는 걸까?

마누는 내게 전망을 봤냐고 물으며 창문을 가리켰다. 창틀은 그 위에 앉을 수 있을 정도로 널찍했다. 난 창틀에 앉아 다리를 끌어올리고 밖을 내다보았다. 도시는 크림처럼 부드럽고 포근하면서도 간결했다. 그래, 정말 좋다. 난 생각했다.

집을 다 둘러본 후에 우린 가장 가까운 카페에 가서 샐러드를 주문했다. 나는 종이와 연필을 꺼냈다. 우선 우리가 가진 돈을 적고 앞으로 필요한 돈을 적었다. 유쾌한 작업은 아니었으므로 우린 사고 싶은 가구들도 적어보기로 했다. 누울 수 있는 소파는 꼭 사야 한다고 내가 주장했다. 마누는 좋은 안락의자에는 돈을 아끼지 말아야 한다고 했다. 난 근사한 조명도 필요하다고 덧붙였다. 좋은 집에는 늘 근사한 조명이 있는 법이다.

그렇게 이야기를 나누다보니 주문한 샐러드가 나왔다. 시든 양상추에 토핑으로 통조림 옥수수와 참치를 얹은 샐러드였다. 바구니에 가득 담긴 빵은 살짝 눅눅해 보였다.

난 여기가 마음에 들어. 마누가 말했고 나도 왠지 모르게 그 말에 동의했다.

영역

며칠 후 우리는 인도 식당에서 라비를 만났다. 집도 술집도 아닌 이런 곳에서 만나는 건 흔치 않은 일이었다. 라비가 먼저 여기서 만나자고 했고 난 라비가 평소와 달리 우리와 거리를 두려 한다고 느꼈다.

라비는 새 학생들을 가르치게 되었는데 거의 매일 저녁에 수업이 있었다.

메뉴판을 쓱 훑어보더니 라비는 곧바로 음식을 주문했다. 평소였다면 난 왜 그런 이상한 음식을 고르냐고 장난을 쳤으리라. 마누도 애피타이저를 주문해서 나눠 먹자고 했으리라. 하지만 우린 아직 함께 있는 것이 썩 편안하지 않았다.

별일 없었어? 웨이터가 가자 라비가 물었다.

우린 집에 대해 말했다.

가격을 제안해볼 생각이야. 마누가 말했다.

잘됐다. 질러버려. 이런 일은 너무 심사숙고하면 안 돼. 라비가 말했다.

말도 안 돼. 내가 말했다. 앞으로 몇십 년 벌게 될 돈으로 사려는 집인데 정말로 심사숙고해야지.

어휴, 왜 이렇게 진지해. 라비가 말했다.

어쨌든 무슨 일이 있었는지 우리한테 말 안 할 거야? 내가 말했다.

무슨 소릴 하는 거야? 아무 일도 없었어.

에이, 그러지 말고 말해봐. 마누가 말했다.

레나 일 때문에 그러는 모양인데 우린 다 어른이야. 라비가 말했다.

저건 라비가 뭔가를 이야기하고 싶지 않을 때 입버릇처럼 하는 말이었다.

레나는 네가 자길 피한다고 생각하는 것 같아. 내가 말했다.

그렇게 생각하는 거야 레나 마음이지. 라비가 말했다.

말도 안 돼. 내가 말했다.

우린 몇 차례 즐거운 대화를 나눴을 뿐이야. 레나는 좀 피곤한 타입이더라고.

레나는 네가 그렇다던데. 내가 퉁명스럽게 대꾸했다.

그 말도 일리가 있어. 레나랑 노는 건 좋은데 나중엔 진이 빠지더라.

라비는 레나가 사소한 일도 따지고 들며, 무슨 말만 하면 꼬치꼬치 캐묻기 때문에 말을 신중히 골라서 해야 한다고 했다.

이 자리에 레나가 있었다면 넌 우리한테 집 사는 데 심사숙고하지 말라고 하기 전에 한 번 더 생각했겠지. 내가 말했다.

라비는 항복의 뜻으로 두 손을 들었다.

미안. 네가 무슨 뜻으로 한 말인지 알아. 내가 말했다.

그 후로는 분위기가 풀어졌다. 라비는 또 한 번 다 같이 모이자고 했다.

우리 넷이 말이야. 재미있을지도 몰라. 라비가 말했다.

우린 그렇게 모였을 때 라비가 할 법한 말 중에서 레나가 따질만한 것의 목록을 작성하기 시작했다. 하지만 이번에는 모두 웃고 있었다.

실용성

위대한 여인이 늘 그렇듯이 카페테라스에 앉아 있는 걸 보고 난 옆 테이블에 앉기로 했다. 그날 아침에 할머니와 영상통화를 하는 것 말고는 딱히 별다른 일도 없는데 난 옷을 차려입었다. 지난주에 할머니가 이렇게 말했기 때문이다.

널 보면 내가 젊어지는 것 같구나.

내가 젊다는 사실을 깨우친 건 충격이었다. 최근 들어 더는 내가 젊다고 느끼지 않았기 때문이다. 젊음은 다른 시절, 그러니까 애쓰지 않아도 시간이 흐르면 미래가 저절로 굴러 온다고 믿었던 시절의 전유물인 듯했다.

할머니와의 영상통화를 위해 난 머리를 빗고 립스틱을 바르고 내가 가진 옷 중에서 제일 밝은 색 상의를 입었다.

할머니가 수술받은 이후로 어느 때보다 또렷하게 말해서 기분이 좋았다. 통화가 끝나고 집을 나설 때는 상의와 어울리는 비실용적인 노란색 신발을 신었다. 비실용적인 멋내기는 그 자체로 하나의 축제였다.

내가 자리에 앉는 동안 위대한 여인은 날 머리에서 발끝까지 훑어보았다. 내가 그녀에게 미소를 짓자 그녀도 내게 미소 지었다. 먼저 말을 건 사람은 위대한 여인이었다. 이 카페에 다닌 지 오래됐는데 웨이터가 서비스로 커피와 함께 먹을 쿠키를 준 건 오늘이 처음이었다고 했다. 정말 기분이 좋네요. 내가 날을 잘 골랐어요. 그녀가 말했다.

나는 그녀에게 나도 근처에 살고 여기 단골이라고 했다.

이웃을 만나다니 정말 반갑네요. 위대한 여인이 말했다. 그녀는 내가 단골인 곳이 또 어디인지, 어디에 사는지, 동네 길고양이를 아는지 물었다. 내 악센트가 듣기 좋다면서 고향이 어디냐고 묻기도 했다. 내 대답을 들으며 그녀는 만족스러운 미소를 지었다. 마치 지금까지 모두 정답을 말했다는 듯이.

내 커피가 아무런 서비스 없이 나오자 위대한 여인은 웨이터에게 내게도 쿠키를 달라고 부탁했다. 그녀의 관심을 받는다는 사실에 활기가 샘솟았다. 그래서 우리가 이웃이라는 사실 외에 하는 일도 같다는 사실을 말하기로 했다.

아 그래요? 위대한 여인은 그렇게 말하더니 갑자기 흥미를 잃었다. 내가 내 작품에 대해 말하거나 그녀의 작품을 칭찬할 거라고 예상했던 것이 분명하다. 왜냐하면 내 쪽으로 향했던 의자를 돌려 거리를 바라보았기 때문이다. 그녀가 자신의 작품을 외부의 시선이나 평가로부터 철저히 지켜내려 한다는 걸 깨달았다. 그래서 사담을 나누는 자리에서만 등장하는 완전히 새로운 자아를 만들어둔 것이었다. 서비스로 받은 디저트와 동네 카페에 대해서만 이야기하는 자아. 내가 보기에는 두 자아 모두 매우 외로운 여인 같았다.

유대의 원칙

카페테라스에 앉아 있는 위대한 여인은 내가 바라는 모습은 아닌 것 같았다. 설사 그녀의 자유로운 영혼을 조금은 닮고 싶었다 해도.

지금은 겨울 중에서도 가장 지긋지긋한 시기, 음울한 봄을 향해 질척하게 나아가는 시기였다. 도시의 거리는 쓰레기로 가득했다. 난 파티를 열기로 마음먹었다.

레나, 라비, 샤론과 폴, 이 도시에 새로 온 몇몇 사람을 초대했다. 와인 잔을 더 사고 푸른 물감이 튄 듯한 무늬의 흰색 접시도 샀다. 나는 위대한 여인의 일인용 카페 테이블 대신 사람들로 북적거리는 긴 테이블을 원했다.

문을 열고 레나를 맞이했을 때 그녀는 달라 보였다. 평소처럼 잘 차려입었고 종종 그랬듯이 화장을 했다. 그런데도 어딘가 낯설어 보였다. 난 그 이유가 직장 면접을 보러 온 사람처럼 조심스럽고 경직된 태도 때문이었음을 깨달았다.

내가 레나와 포옹하자 그녀는 라비가 어디 있냐고 물었다.

오는 중일 거야. 난 어깨를 으쓱였다.

난 오후 내내 요리만 했고, 마누가 날 도와주러 일찍 퇴근하겠다는 말조차 하지 않았다는 사실이 서운했다. 마누는 이 모임이 불필요하다고 생각했으리라. 친하지도 않은 사람들을 위해 파티를 연다는 점에서. 그냥 술집에서 만나도 되잖아. 마누는 그렇게 말했고, 난 긴 식탁의 이미지가 왜 나한테 중요한지 설명하지 않았다.

난 필요 이상으로 많은 요리를 했다. 소스에 찍어 먹는 요리, 곡물 요리, 접시에 담은 훈제 생선과 고기도 있었다. 푸른 물감이 튄 듯한 새 접시에는 색색의 채소를 가득 쌓았다. 나와 마누의 고향에서 먹는 요리와 비슷한 요리도 몇 가지 했다. 정작 평소에는 그런 음식을 먹은 적이 없었는데도.

라비가 도착하자 그는 레나에게 짧게 인사하더니 다른 사람들과 이야기를 나눴다. 레나가 내게 다가와 말했다.

넌 정말 현모양처야.

평소였다면 레나와 내가 웃고 넘겼을 말이었으나 하루 종일 요리를 하고 나니 그 말에 웃을 수가 없었다. 사실 요즘은 레나와 함께 웃는 일 자체가 힘들어졌다. 레나도 그걸 눈치챘는지 예전보다 더 빈정거렸다.

난 샤론에게 갔다. 그녀는 최근에 했던 집 리노베이션에 대해 이야기하고 있었다. 수도꼭지며 낡은 배관, 부서진 타일. 난 대화에 끼어들지 않고도 일부가 될 수 있어 오히려 감사했다. 갑자기 혼자 소파에 누워 있고 싶은 마음이 간절해졌다.

몇 년 전 학교를 졸업하고 처음으로 집을 얻었을 때는 우리 삶에 며칠만 머물다 사라진 사람들에게 둘러싸여 살았고, 그들 중 대다수는 그 후로 다시는 보지 못했다. 우린 지낼 곳이 필요한 친구의 친구들을 재워주었고, 알지도 못하는 사람들과 자주 저녁을 먹었다. 당시에는 그게 지극히 정상으로 느껴졌다. 낯선 그들과 친구가 되려고 노력하진 않았지만 그들이 무슨 이야기를 들려줄지 늘 궁금했다. 마누와 나는 가끔 소파에서 재워줬던 사람들을 떠올리며 그때 우리가 얼마나 열정적이고 에너지가 넘쳤는지 새삼 감탄했다. 당시에는 베개가 두 개뿐이어서 그중 하나는 손님에게 주고 우린 개킨 스웨터를 베개 삼아 자곤 했다. 루틴도 거의 없었고 설사 그게 깨져도 개의치 않았다. 이 낯선 사람들과 밤늦도록 그들의 삶과 관심사에 대해 이야기하곤 했다. 당시 우리가 하는 일에 대해 말하기는 너무 어렸던 것이 분명했다. 하고 싶은 일, 열정이라 굳게 믿었던 일에 대해서는 우리도 늘 할 말이 많았지만. 그렇지만 이 낯선 사람들과의 관계가 지속되지 않는다는 이유만으로 그런 대화를 쓸모없게 여기지도 않았다. 당시 우리의 커튼 뒤에는 여전히 나와 마누뿐이었고, 우린 세상과 어느 정도 거리를 두고 있었다. 안정된 미래를 설계해야 한다는 걱정도 없었다. 형편이 그다지 넉넉하지 않았는데도 밤이 되면 낯선 이들에게 술과 간식을 제공했고 아침이면 정성스러운 식사를 차렸다. 이 시절을 말할 때마다 우리가 누군가를 그렇게 환대했다는 사실이 믿기지 않으면서도 이젠 그런 호기심이 사라졌다는 사실이 약간 아쉽기도 했다. 어떤 말이든 들어주고 아무런 계산 없이 세상과 연결될 수 있었던 우리의 너그러운 태도가.

샤론은 리노베이션에 관한 이야기를 계속했다. 이제는 이들이 당장 떠나지 않고 우리 집에 좀 머물렀으면 했다. 비록 내가 그들의 이야기에 전혀 관심이 없을지라도.

레나는 소파에 앉아 냉랭하게 방 안을 훑어보았다. 대화에 끼지 않고도 지극히 태연해 보이는 레나의 태도에는 어딘가 대담한 구석이 있었다. 마치 우리를 꿰뚫어 보는 듯이.

거울

며칠 뒤 레나가 전화했다.

그 많은 음식을 다 치우긴 했어? 그녀가 물었다.

농담 좀 그만할래?

누가 농담이래?

너랑 라비 사이는 좀 나아졌어?

괜찮아. 더는 빈정거리지 않는 말투로 레나가 말했다. 파티에서 날 봐서 민망했던 것 같아.

난 레나에게 그것도 네 오해라고 말해주었다. 레나의 말을 무시해서가 아니라 그저 다들 잘 지내기를 간절히 바랐기 때문이다.

파티에서 있었던 일을 엄마에게 전하며 난 레나가 구석에 홀로 앉아 사람들을 바라봤던 일을 말했다. 마치 분위기가 조금이라도 점잖게 흘러갈라치면 바로 망치려고 작정한 사람 같았어. 레나는 점잔 빼는 걸 못 견디거든. 하지만 난 내가 문제의 본질을 제대로 설명하지 못했다는 걸 알고 있었다. 당연히 엄마는 레나를 적대시하며 그런 사람과는 거리를 두라고 했다.

아니, 그런 게 아냐. 난 얼른 물러섰다. 레나가 이상하다는 뜻이 아니라고.

그래도 그런 사람 때문에 괜히 마음 쓰지 마라. 엄마가 말했다.

난 그저 즐거운 자리를 마련하고 싶었을 뿐이야. 하루 종일 음식을 장만했거든. 내가 말했다.

애야, 다음에는 그냥 식당에서 만나렴.

난 할머니에게도 그 상황을 설명했다. 이번에는 좀 더 너그러운 마음으로.

레나는 누구보다 빨리 위선을 간파하는데, 그걸 눈감아주지 못하는 것 같아요. 내가 말했다.

세상을 비추는 거울을 들고 태어나는 사람들이 있지. 할머니가 수수께끼 같은 소리를 했다. 하지만 친구의 불행에 너무 깊이 관여하진 마라. 할머니가 덧붙였다.

엄마와 할머니는 늘 내 삶에 집중하라고 말했다. 나도 그 말에 동의했지만 어디서부터 어디까지가 내 삶인지 잘 모르겠다. 그걸 구분하려다가 오히려 내 삶의 중요한 부분이 잘려 나가는 위험은 감수하고 싶지 않았다.

경계

테레자의 집 현관문이 열려 있어 우린 안녕하세요, 라고 외치며 집 안으로 들어갔다. 손에 로스트 치킨과 배 타르트를 든 채. 하지만 부엌에도 거실에도 테레자는 없었다. 우린 그녀를 불렀다.

네? 누구시죠? 마침내 테레자가 대답했다.

그녀는 잠옷 차림으로 침대 끝에 걸터앉아 있었다.

어머, 둘 다 어쩐 일이야? 테레자는 그렇게 외쳤고, 우린 오늘 저녁에 함께 식사하기로 약속했다는 말은 하지 않았다.

혹시 함께 식사하실 생각이 있는지 여쭤보려고 들렀어요. 마누가 말했다.

그럼 파티를 열어야지, 친구들. 테레자가 말했다. 난 그녀가 스웨터 입는 걸 도왔다.

마누와 난 부엌으로 가 식탁을 차렸다.

테레자, 평소에 산책하고 돌아올 때 문 잠그세요? 내가 물었다.

늘 잠그지. 노인네 집에 누가 몰래 들어올지 모르잖아.

마누는 날 보며 눈썹을 치켜세웠다.

우린 테레자 양옆에 앉았다. 그녀는 로스트 치킨에는 손도 대지 않았지만 타르트는 두 조각이나 먹었다. 식사가 끝나자 침실에서 초콜릿을 가져와 우리에게 권했다.

이게 건강에 아주 좋아. 거의 빈 초콜릿 상자를 내밀며 그녀가 말했다. 우리는 거실로 갔고 텔레비전 앞에 앉았다. 마누는 채널을 돌리다가 클래식 음악 방송에서 멈췄다.

저기 봐. 테레자는 그렇게 말하더니 우리가 뻔히 보고 있는 것들을 일일이 설명하기 시작했다.

긴 검은 머리에 멋진 바이올린 연주자가 있네. 저기는 첼리스트도 있고. 이제 지휘자가 나왔어.

음악이 시작되자 테레자는 양손을 좌우로 뻗어 우리 손목을 잡았다. 테레자가 꾸벅꾸벅 조는 동안 우리는 음악회를 끝까지 봤다.

그날 저녁 마리화나를 피우며 우린 테레자의 딸에게 현관문이 잠겨 있지 않았다는 걸 알려야 할지 고민했다.

이제 혼자 사는 건 무리야. 마누가 말했다.

딱 한 번이야. 누구나 깜빡할 수 있어.

무슨 일이라도 생겼으면 어쩔 뻔했어?

하지만 그 얘길 듣고 딸이라는 여자가 테레자를 양로원에 보내버리면? 내가 말했다.

그건 너무 우울하다.

그렇다니까.

어차피 테레자가 약간 산만하다는 건 딸도 이미 알고 있어. 마누가 말했다.

맞아.

현재 시제

일요일 아침, 카메라로 찍은 영상을 훑어보다가 진공청소기 소리에 고개를 들었다. 마누는 헤드폰을 쓴 채 카펫 위에서 청소기를 밀었다가 당기고 있었다. 문득 저 몸짓이 아주 부드러운 춤 같아 보였다. 집 안을 돌며 앞뒤로 움직이고 구석으로 갔다가 다시 중앙으로 나오는, 매주 반복되는 마누의 왈츠. 난 카메라를 켜고 마누를 촬영했다. 마누는 나를 알아차리지 못했다. 틀림없이 그를 다른 시공간으로 데려다주는 역사 팟캐스트를 듣고 있으리라. 마누가 차분한 낙관주의자인 이유 중의 하나가 바로 저것이었다. 45분이라는 시간 속에 수 세기의 역사가 압축된, 문명의 흥망성쇠를 다루는 이야기에 늘 몰두해 있기 때문이다. 마누는 헤드폰을 벗으며 조금은 달라진 모습으로 이야기에서 빠져나왔다. 방금 다녀온 세상만큼이나 기묘한 현재 세상으로 돌아왔다. 마누는 나와 산책할 때면 자신이 알게 된 사실을 내게 요약해주곤 했다. 수메르인, 아시리아인, 마야인, 에트루리아인, 올멕인에 대해. 또한 시베리아의 주술사들과 발틱 십자군, 두개골 절단과 의례적 식인 풍습, 아편 전쟁과 튤립 파동에 이르기까지. 난 마누가 들려준 이야기에서 단편적인 정보만 기억하곤 했는데 관심이 없어서가 아니라 마누가 우리 둘을 위해 이런 지식을 계속 쌓고 있어서 원할 때마다 마누에게 물어볼 수 있었기 때문이다. 마치 내가 읽을 마음이 없어도 우리 집 서가에 꽂아두는 책처럼. 그 책이 조용히 지식을 품고 있다는 사실만으로도 위안이 되었다.

카메라 화면 속에서 마누는 청소기 플러그를 뽑아 거실 반대편 벽에 다시 꽂았다. 마치 공원에서 그 순간의 평온에 잠긴 사람 같다고 난 생각했다.

후대

할머니에게 다음에 고향에 가면 할머니를 촬영하고 싶다고 했다. 내가 아는 할머니는 늘 삶을 악착같이 움켜쥐며 주도적으로 살아온 터라 난 할머니의 반응을 이해할 수 없었다.

내가 뭐 대단한 사람이라고 날 찍겠다는 거냐?

할머니는 이야기 덩어리잖아요. 진짜 이유는 말할 수 없어서 난 그렇게 둘러댔다.

게다가 카메라를 잘 받기도 하고요. 내가 계속 말했다. 또 할머니랑 함께 뭔가를 만들어보고 싶어요.

난 딱히 할 말 없다. 할머니가 말했다.

몰리에르 연극에서 주연을 맡았던 때는 어떠세요?

시장님이 무대로 올라와 장미꽃을 주었지.

신문마다 기사가 실렸고요.

그래.

거기서부터 시작하면 되겠네요.

더 할 말이 뭐가 있겠니?

할머니. 할머니는 여왕님이잖아요.

다 지난 일이다. 넌 네 작업에나 집중해.

그러더니 할머니가 엄마를 불렀고 느닷없이 엄마에게 전화를 넘겼다.

할머니가 좀 졸린가 봐. 엄마가 말했다. 나중에 전화할게, 아시아.

서류 속의 삶

은행과 약속이 있는 날, 마누는 셔츠를 입었고 난 원피스에 카디건을 걸쳤다. 난 결혼 후 몇 달 만에 빼버린 결혼반지를 다시 끼자고 제안했다. 마누는 그 반지를 끼면 손가락이 가렵다고 했고 내 반지는 너무 헐거웠다. 마누는 굳이 반지까지 낄 필요는 없다고, 그런 건 영화에서 재판정에 서는 증인들이 배심원의 신뢰를 사려고 잘 차려입을 때나 하는 거라고 했다. 현실에서는 결혼반지를 낀다고 달라질 게 없다는 게 마누 생각이었다. 그렇기는 해도 난 우리가 대출금을 꼬박꼬박 갚을 사람처럼 보이도록 최선을 다해야 한다고 고집을 부렸다.

은행원-아니면 재무 상담가라고 해야 하나?-은 문 앞에서 건성으로 인사하며 다른 일이 끝날 동안 기다려달라고 했다. 그러더니 자료를 휘리릭 훑어보고 화면 속 뭔가를 클릭하고 문서를 차곡차곡 쌓았다.

다 됐습니다. 마침내 그가 고개를 들며 말했다. 분명 우리보다 어릴 텐데도 그의 태도는 초등학교 선생님이나 노련한 웨이터 같았다.

부인께서는 프리랜서 소득자시네요?

그의 표정으로 보아 내 직업이 은행에서 꺼리는 유형임을 알 수 있었다.

어떻게든 한번 해보죠. 그는 그렇게 말하더니 인상을 쓴 채 모니터 속 도표의 막대를 위아래로 움직였다. 윗분들을 설득해야겠네요. 쉽지는 않겠지만 해볼게요. 그가 말했다.

그는 우리에게 대출에 필요한 서류 일체를 보내달라고 했고 우리는 빨리 보내겠다고 말했다.

돌아가는 길에 난 믿을 만한 고객으로 보이려는 우리의 노력이 통했다고 말했다. 우리의 수입이 적은데도 우리가 대출금을 갚을 거라고 믿어줬다고. 마누는 내 말에 회의적이었다.

우리에게 대단한 친절이라도 베푸는 것처럼 생색내는 게 그 사람의 일이야. 정작 여생의 대부분을 바쳐서 그 돈을 갚는 건 우린데 말이야. 마누가 말했다.

어쨌든 은행원이랑 상담한 건 잘한 일이야. 아주 어른이 된 기분이야. 내가 말했다.

엄밀히 말해서 그 사람 직함은 따로 있을걸? 근데 그 단어가 생각이 안 나. 마누가 말했다.

집에 돌아온 우리는 서류를 뒤졌다. 우리의 모든 서류는 이음새가 터져나갈 듯이 불룩한 두 개의 마닐라 봉투에 쑤셔 넣어 내 책상 맨 아래 서랍에 처박아 두었다. 배터리, 더는 쓰지 않는 카메라 충전기, 여행지에서 모은 동전이 든 봉지 아래. 내가 저 동전을 버리자고 할 때마다 마누는 그건 불법이라고 말하곤 했고 난 아무 말도 하지 않았다. 그러면 이 문제는 다시 몇 달 혹은 1년쯤 미뤄졌고, 그러다 다시 내가 서랍을 열어보고 한숨을 쉬며 저 쓸모없는 쇠붙이는 버리자고 제안하는 식이었다.

집 안 곳곳에 도사린 혼돈의 둥지는 그 존재를 떠올릴 때마다 심난했지만, 이음새가 찢어질 정도로 서류가 잔뜩 든 마닐라 봉투만큼은 여전히 의미 있는 존재였다. 찾아야 할 중요한 서류는 반드시 두 봉투 중 하나에 들어 있었기 때문이다. 두 봉투에는 우리의 출생증명서와 결혼 증명서, 건강보험 가입증, 기간이 만료된 비자와 여권, 통장 명세서, 임대 계약서, 의료 서류, 비자 신청서 출력물, 다 뜯어 사용하고 한 장만 남은 여권 사진 인화지가 있었다. 또한 지난 2년간 다큐멘터리 촬영 기법을 가르치면서 받았던 급여 명세서도 있었는데 그럴싸한 소득 이력을 만들기 위해 지금 우리가 찾는 것도 바로 이런 명세서였다. 그렇기는 해도 여전히 메꿀 수 없는 공백이 있었다. 어떤 해는 10월에서 3월까지, 또 다른 해에는 11월에서 1월까지.

명세서를 어디에 뒀을 거 같아? 벌써 이틀째 명세서를 찾고 있지만 짜증 내지 않으려고 애쓰며 마누가 물었다.

이 마닐라 봉투 말고는 없어.

버렸을 가능성은?

없을걸.

난 전화로 엄마에게 대출을 받기 위해 증빙 서류를 준비하는 중이라고 말했다.

믿기지가 않는구나. 너희 둘이 대출을 받을 줄은 꿈에도 몰랐어. 엄마가 말했다.

우리 가족은 나와 마누의 관계 서사를 우리와 완전히 다르게 이해하고 있었다. 엄마의 눈에 우리의 사랑은 서로의 정돈되지 않은 삶과 미루는 성격을 받아주고, 심지어 부추기기까지 한다는 점에서 시작되었다. 아빠가 보기에는 불편함을 감수하며 지극히 검소하게 살아가는 우리의 생활 방식이 사랑으로 이어진 가장 큰 이유였다. 아빠는 좁은 소파와 손바닥만 한 욕실이 있는 집에서 살며 변변치 못한 식사를 하는 우리를 이해하지 못했다. 시부모님에게 우리는 골동품에 대한 애정으로 하나가 된 사이였다. 투박한 원목 식탁, 빈티지풍 서랍장과 옷장, 레코드플레이어로 이 집을 꾸민 지 얼마 되지 않아 처음으로 두 분을 초대했을 때, 두 분은 우리 집이 100

년 전 시골집 같다고 말했다. 칭찬으로 한 말이 아니었다. 우리와 달리 그분들에게 오래된 물건은 전혀 매력적인 존재가 아니었다. 그저 고단했던 시절과 도저히 미화할 수 없는 삶의 방식을 떠올리게 할 뿐이었다. 시부모님의 집은 3성급 호텔 로비와 비슷했다.

급여 명세서를 찾아 헤맨 지 사흘째 되던 날 드디어 누락되었던 몇 달의 명세서를 찾아냈다. 마닐라 봉투가 아닌 작은 봉투 속에 숨어 있었는데 그 안에는 시력 검사 결과와 콘택트렌즈 처방전도 함께 있었다.

우리는 모든 서류를 다 스캔한 뒤 은행에 보냈다. 일주일 뒤 은행으로부터 대출 가능한 금액을 알려주는 이메일을 받았다. 상담할 때 들었던 액수보다 훨씬 적은 걸 보니 아무래도 그 직원이 상사를 설득하는 데 실패한 듯했다.

그 돈으로 우리는 대들보가 가로지르는 천장, 사용하지 않는 벽난로, 전망 좋은 창가 공간이 있는 그 집을 구매하겠다고 부동산에 말했다. 다른 집은 보고 난 후에 금세 기억에서 희미해지고 우리 삶과 아무 상관없는 공간처럼 느껴지는 반면 그 집은 방문한 후에도 여전히 매력적으로 느껴졌다. 우리는 대들보가 보이는 그 집으로 이사한 뒤에도 변하지 않을 것들을 이야기했다. 라비를 처음 만났던 맥주 바까지 여전히 걸어 다닐 수 있었고, 같은 라인의 지하철을 타고 레나의 카페에 갈 수 있었다. 벼룩시장도 버스로 갈 수 있는 거리였다. 이렇게 나열하다 보니 우리가 이 도시에서 제대로 된 삶을 사는 듯했다. 가야 할 곳이 있고 만나야 할 사람이 있는 삶.

우리는 마누의 핸드폰에 찍힌 사진들을 넘겨 보았다. 앉을 수 있을 정도로 널찍한 창틀을 찍은 사진은 확대해서 자세히 보았고, 낡은 욕실을 찍은 사진은 얼른 넘겼다. 멋진 욕실은 우선순위보다 사치에 가까워. 우린 그렇게 말했다. 공인중개사는 우리의 구매 의사를 듣고 답을 주겠다고 했다.

공원에서

여기 온실 앞이 내가 제일 좋아하는 장소예요. 해가 나면 의자를 끌고 와 다른 사람들과 나란히 앉죠. 우린 태양을 숭배하는 공동체예요. 서로 아는 사이고 서로가 햇볕을 쬐는 걸 흐뭇하게 바라보죠. 진심으로 일광욕을 하는 사람은 아무것도 하지 않습니다. 우릴 보세요. 책도 신문도 핸드폰도 보지 않아요. 오로지 햇볕만 쬐죠. 난 올해 여행을 안 갔어요. 하지만 날 보세요. 지중해에서 몇 달을 보낸 사람 같죠?

유대의 원칙

샤론과 폴이 또 파티를 열었고 마누와 나는 또 똑같은 언쟁을 벌였다.

그 사람들 얼마 전에 보지 않았어? 마누가 말했다.

만나야 할 횟수가 정해진 건 아냐.

하지만 우린 그 부부를 좋아하지도 않잖아.

난 좋아해. 싫어하지 않아. 좀 얄밉고 허세를 부리긴 해도 착한 사람들이야. 사촌과 같은 존재랄까.

하지만 사촌이 아니잖아. 마누가 말했다.

고작 파티 가는 일로 이렇게 옥신각신하는 게 이해가 안 갔다. 분명 뭔가 더 큰 이유가 있을 테지만 우린 파헤치지 않았다.

라비와 레나도 파티에 참석할 예정이었다.

파티 당일 레나가 전화해서 뭘 입을 거냐고 물었다.

모르겠어. 난 그렇게 말했지만 꼭 그렇진 않았다. 대충 입으려고. 내가 덧붙였다.

그 모임 사람들과 함께 있으면 기분이 이상해. 다들 같은 집단의 일원 같아. 레나가 말했다.

살면서 환골탈태한 사람들을 한눈에 알아볼 수 있다고, 레나가 전에 말한 적 있었다. 전보다 더 아름다워지고, 더 많이 배우고, 더 부자가 된 사람들. 그들을 알아볼 수 있는 이유는 아직 그들에게 남아 있는 불안감 때문이야. 레나가 말했다. 다른 사람들은 그 불안감을 종종 겸손으로 오해하지. 반면 정말로 자기 삶에 확신을 가진 사람들의 겸손은 사실 일종의 교만이야. 자신의 삶과 더 큰 세상에서 그 삶이 차지하는 위치에 대한 확신이지.

다른 사람들도 우릴 그렇게 볼 거야. 난 확신 없이 그렇게 말했다.

우리 네 사람은 와인과 꽃을 사 들고 함께 파티에 갔다. 굳이 그런 걸 사 갈 필요는 없었으리라. 안으로 들어가자마자 라비가 자신은 한 시간 정도만 있다가 갈 거라고 선언했다.

에이, 왜 그래. 분위기 깨지 말고 같이 있어. 난 레나를 생각해 그렇게 말했다.

너희도 언제든 가고 싶을 때 가. 라비가 말했다.

술자리를 즐기는 태도는 어쩌고. 내가 잽을 날렸지만 라비는 내 말을 무시했다.

지난번 파티 때와 마찬가지로 이지는 잠시 손님들 앞에서 귀여움을 발산하도록 허락받았다가 이내 아이패드를 건네받았다.

깨어 있는 양육법이네. 레나가 내게 속삭였고, 난 말이 더 길어지지 않기를 바랐던 터라 알아들었다는 뜻으로 얼른 고개를 끄덕였다.

샤론은 실내를 돌아다니며 손님들에게 칭찬을 퍼부었다. 그녀의 눈에는 모두가 예쁘고 똑똑하고 사랑스러운 존재였다.

샤론은 이 파티에 어울리지 않는 듯한 남자를 마누에게 소개했고, 내 팔을 잡더니 모르는 중년 여성에게 데려갔다.

두 분이서 꼭 이야기를 나눠야 해요. 샤론은 그렇게 말하고 자리를 떴다. 왜 우리가 이야기하길 바랐는지는 명확하지 않았다. 오히려 자신의 시간을 희생해서 그녀를 상대하고 싶지 않은 듯했다.

일단 이름을 교환한 뒤 그녀는 박물관에서 미술품 복원가로 일했던 경력을 설명하기 시작했다. 지금은 은퇴했는데도 그녀는 그 일에 대해 열정적으로 말했다. 내 말에는―색감 때문에 내가 좋아하는 그림, 내가 앉아서 책을 읽기 좋아하는 전시실―서둘러 대꾸하고는 자신의 독백을 이어갔다.

곁눈질로 보니 마누도 이미 말동무를 버려둔 채 라비와 방 뒤쪽 소파에 앉아 있었다.

난 그녀에게 음식을 가지러 가겠다고 말했다.

그거 좋은 생각이네요. 날 따라오며 그녀가 말했다.

샤론과 폴이 사촌과 같은 존재라는 내 생각은 틀리지 않았을지 모른다. 어쨌든 우리 부부는 가장 골치 아픈 손님들과 짝이 되었으니까. 이건 우리를 가족처럼 친근하게 여긴다는 표시였다.

우리에게 말했던 대로 라비는 제일 먼저 자리를 떴다. 난 레나가 라비에게 자신도 함께 가겠다고 말하는 걸 우연히 들었다. 하지만 라비는 그녀에게 계속 남아 재미있게 놀라고 했다. 난 레나가 안쓰러웠고, 내게도 책임이 있을지 모른다는 생각에 마음이 불편했다. 마침내 나도 미술품 복원가를 버려두고 샤론에게 갔다. 그녀는 주방에서 다른 손님들과 위스키를 마시고 있었다.

왔어? 샤론이 말했다. 그 여자분과 함께 있는 게 불편하진 않았지? 사실 아주 매력적인 분이야.

잘 맞았어. 내가 말했다.

어머, 잘됐네. 그럴 줄 알았어. 샤론이 말했다.

부엌을 나오니 레나가 보였다. 레나에게 집에 가고 싶다면 지하철역까지 함께 걸어가자고 했다.

좋아. 이제 그만 가자. 레나가 말했다.

우린 코트를 가지러 침실로 들어갔다. 이지는 파티복 차림으로 아이패드를 끌어안은 채 침대에서 잠들어 있었다.

라비는 속을 모르겠어. 내가 라비 신경을 계속 건드리는 느낌이야. 레나가 말했다.

난 뭐라고 말해야 할지 몰라서 스카프를 찾느라 정신이 팔린 척했다.

빛

마누의 또 다른 영상이다. 이른 아침의 분위기를 의식해 흑백으로 찍는다. 라디오가 켜져 있고 뉴스가 끝난다. 그러자 성가처럼 반복적이면서 마음을 달래주는 음악이 흘러나온다. 마누는 내가 촬영 중이라는 걸 알지만 개의치 않는다. 혹은 상관하지 않는다. 어쨌든 이젠 이런 상황에 익숙하다. 마누의 얼굴 일부는 컴퓨터 모니터에 가려졌고 모니터 불빛이 잠기운에 부은 광대뼈에 반사된다. 오늘은 주말이다. 마누는 우리가 처음 만났을 때 내가 사준 낡은 티셔츠를 입고 있다. 검은 새

실루엣이 그려진 티셔츠.

뭐해? 내가 묻는다.

마누가 모니터에서 눈을 들어 나를 바라본다.

잠깐 체스 한판 두는 중이야.

마누는 다시 게임에 집중한다. 라디오에서는 록 음악이 흘러나온다. 우리 둘 다 청소년기에 각자의 침실에서 들었던 곡이다. 마누는 다시 눈을 들고 말한다.

이 음악이 나오다니 믿기지가 않네. 그러더니 묻는다.

아침 몇 시에 먹을까?

이제 창문으로 햇살이 쏟아진다. 식탁과 마누의 얼굴이 빛으로 환하다.

오래된 존재에 대한 연민

마누와 내가 슈퍼마켓에서 장을 보고 있을 때 공인중개사에게 전화가 와서 우리가 제안한 가격에 집을 살 수 있다고 말했다. 우린 다음 주에 집주인과 만나기로 하고 전화를 끊었다. 더 사야 할 물건이 있다는 사실을 까맣게 잊은 채 장바구니에 담긴 우유와 바나나만 계산하고 나왔다.

행복해? 마누가 물었다.

네가 그렇다면 나도.

어제저녁에 요리한 음식 냄새가 은은하게 풍기는 집에 들어서자 눈물이 핑 돌았다.

우리의 작은 집. 마누가 그렇게 말하자 내 뺨 위로 눈물이 흘러내렸다.

우리는 우두커니 서서 삶의 흔적으로 가득한 거실을 바라보았다. 이사할 때 거실 물건 대부분을 두고 가기로 합의한 터였다. 예술품은 더 세련된 작품으로 바꾸고 가구는 더 품위 있는 걸로, 그리고 숫자도 줄일 생각이었다. 하지만 지금은 그게 배신처럼 느껴졌다.

며칠 뒤 우린 집주인을 만나러 새집으로 걸어갔다. 아름다운 동네 하나와 적막한 동네 하나를 지나 45분이 걸렸다. 새집에 가까워질수록 앞으로 자주 가게 될 가게를 골라보았다. 이런 들뜬 기대는 예외 없이 빗나간다는 사실을 잘 알고 있었는데도. 이 도시로 처음 이사했을 때 우리 집과 같은 길에 있는 국수 가게를 발견하고 그곳의 단골이 되는 상상을 했다. 굳이 주문하지 않아도 우리가 뭘 시킬지 아는 단골집이 될 거라고. 하지만 지금까지도 거기 가본 적이 없었다. 이젠 그 가게를 지날 때마다 약간 부끄러웠다. 우리가 이 도시를 충분히 활용하려는 노력을 얼마나 게을리했는지 보여주는 증인이라도 된다는 듯.

복도에서는 우리의 기억보다 곰팡내가 강하게 풍겼다. 우린 계단 네 구간을 올라갔고 이번에는 계단을 오르는 게 얼마나 힘든지 새삼 깨달았다.

현관에서 공인중개사는 우리 둘과 악수를 했다.

처음은 언제나 특별한 법이죠. 그가 말했다.

집주인은 식탁에 앉아 있었는데 코끝에 돋보기를 걸친 채 핸드폰 화면을 넘기고 있었다. 우리 엄마와 비슷한 나이였고 심지어 외모도 엄마와 약간 비슷했다. 그녀는 자리에서 천천히 일어나더니 손을 내밀었다. 축하의 의미보다는 형식적인 인사 같았지만.

간식 좀 드세요. 그녀가 쟁반을 가리키며 말했다. 쟁반에는 나와 마누의 몫으로 작은 머핀과 비스킷이 각각 두 개씩, 딱 네 개 놓여 있었다. 마치 우리에게 지나친 환대는 베풀기 싫다는 듯이. 우린 식탁에 앉아 그녀의 집을 칭찬했다.

오래전에 충동적으로 구매한 집이에요. 그녀가 말했다. 본가는 도시 외곽에 있고 이 집에는 콘서트를 보거나 친구들과 저녁 약속이 있을 때만 온다고 했다. 하지만 최근 들어 시내에 자주 나오기가 힘들어서 이 작은 집을 소유하는 게 낭비로 느껴졌다고 했다.

그녀는 우리에게 아무런 질문도 하지 않았지만 그래도 우리는 들뜬 마음으로 이 집에 처음 방문했던 때를 이야기했다. 창가 자리가 마음에 쏙 들었으며 이 집이 우리의 삶과 안성맞춤이라고.

그녀는 자신의 세컨드 하우스를 실거주용으로 구매하는 우리를 약간 딱하게 여기는 듯했다. 하지만 그 우월감 아래로 우리를 향한 약간의 다정함, 앞으로 펼쳐질 우리 삶에 대한 호기심, 그리고 지나간 세월에 대한 추억도 희미하게 감지

할 수 있었다.

공원에서

난 라비에게 공원 인터뷰를 부탁했다.

외국인 대표로? 라비는 그렇게 말했지만 동의했다.

우린 호숫가에서 만났다. 초저녁이라 수면은 잔잔한 은빛이었다. 마누는 퇴근 후에 합류할 예정이었다. 난 삼각대 위에 카메라를 세웠다. 약간 어색해서 일부러 천천히 움직였다. 네가 왜 공원에 오는지 말하고 거기서부터 시작하면 어떨까? 내가 제안했다.

좋아. 라비는 그렇게 말했지만 몸이 많이 굳어 있었다.

난 라비에게 마음을 가라앉힐 시간을 주려고 일부러 카메라 설정을 만지작거렸다. 종종 이렇게 설정을 조정하는 척하면서 촬영을 시작했다. 그동안 인터뷰 대상자들은 평소의 모습을 되찾았다.

이 공원은 너희들하고 제일 자주 오는 것 같아. 라비가 말문을 열었다. 하지만 가끔은 오후에 나 혼자 오기도 했어. 여기 오면 제일 먼저 공원 주변을 한 바퀴 돌아. 공원에 와서 다 둘러보지 않으면 아깝거든. 난 하루를 낭비할까 걱정돼. 생산적으로 보내야 한다는 뜻이 아니라 즐기지 못할까 봐 (걱정된다고).

The Anthropologists

아니, 생산적으로 보내는 걸 반대하진 않아. 하지만 생산성은 자기 방식대로 정의해야 해.

공원에 오는 걸 시간 낭비라고 생각한 적은 없어. 하지만 결국 어디든 사람으로 완성되는 법이야. 좋은 사람들만 있다면 난 어디서든 살 수 있어.

응, 진심이야. 비록 대개는 혼자 있는 걸 좋아해도.

아니, 내가 비밀이 많은 사람이라고는 생각하지 않아. 그저 모든 걸 공유할 필요가 없다고 생각할 뿐이지. 난 그렇게 이분법적으로 날 보지 않아. 모든 사람에게, 심지어 나 자신에게조차도 시시콜콜 다 밝히는 건 매력 없어. 사람은 어느 정도 신비스러운 구석이 있어야 해.

어디에 있을 때 가장 나다운 기분이 드냐고? 그 질문에 뭐라고 답해야 할지 모르겠네. 아직 찾는 중인 것 같아.

균열

부탁인데 우리 엄마 집에 좀 가주세요. 테레자의 딸이 전화로 간청했다.

몇 주 전 그녀는 비상시를 대비해 우리에게 열쇠 한 벌을 주라고 테레자에게 일러두었는데 정말로 그런 순간이 닥쳤다.

테레자는 주방 바닥에 쓰러진 채 한 팔로 몸을 받치고 있었다.

아, 테레자. 내가 외쳤다.

그녀는 동그랗고 빛나는 눈으로 우릴 바라보았다. 앵무새처럼 다정하지만 말없이.

구급차가 오는 중이었고 우린 그녀를 옮긴 엄두가 나지 않았다. 대신 양옆에 앉아 손을 잡아주었다. 어느 순간 테레자는 소리 없이 토했고 우린 그녀의 얼굴과 스웨터를 닦아주었다.

난 아이에게 하듯 어르고 달래고 다독이는 말을 하지 않으려고 애썼다. 함께 시를 읽으며 쌓아온 우리의 우정은 위기에 처했다. 이 위기의 순간에도 우리는 서로에게 예의를 지켜야 했고 위기 앞에서 무너지지 않아야 했다.

의도와 설계

현실적으로는 이삿짐센터를 예약하고 새집에 인터넷과 전기를 설치해야 했는데도 우린 계속 잡다한 일에만 매달렸다. 이 서랍 저 서랍을 뒤지는가 하면 서로 달라붙은 사진들을 떼어냈고, 노트를 휘리릭 훑어봤고 그러다 박물관 입장권을 발견했다.

사라가 또 방문했는데 이번에는 업무 때문이었다. 첫 며칠은 출장지 근처 호텔에 머물다가 우리 집에서 하룻밤 잘 예정이었다. 난 사라에게 지금 집이 난장판이라고 했다. 복도에 상자가 쌓여 있고 거실은 반쯤 짐을 쌌다고.

상관없어. 나가서 저녁 먹으면 돼. 사라가 말했다.

라비에게 내가 보고 싶어 한다고 전해. 그녀가 덧붙였다.

우린 초저녁에 식당에서 만났다. 라비와 마누는 늦게 합류할 예정이라서 나와 사라는 밀린 이야기를 나눌 수 있었다. 그날 저녁 레나는 어머니의 집에 있었다. 덕분에 레나를 애써 따돌릴 필요가 없어서 혹은 레나도 초대했다가 이상하게 행동할까 걱정할 필요가 없어서 다행이었다. 어째서인지 이번만큼은 레나가 분위기를 흐릴지도 모른다는 생각이 들었다.

사라는 칵테일을 주문했고 난 맥주를 시켰다.

너무 좋다. 사라가 말했다.

난 사라에게 새집에 대해 말했다. 그 집을 처음 본 순간, 우리 물건이 거기 있는 모습이 자연스럽게 떠올랐어. 거기서 사는 게 저절로 상상이 되더라니까. 다시 방문했을 때는 문을 열고 들어갔더니 마치 엄마가 식탁에 앉아 있는 것 같더라. 어쩌면 그 여자는 미래의 내 모습인지도 몰라. 막상 말하고 나니 실제보다 더 기이하게 들렸다.

나 소름 돋았어. 진짜 신기하다. 사라가 말했다.

난 집주인의 거만한 태도와 질투 섞인 표정은 말하지 않았다. 아울러 우리 기억보다 더 낙후되었던 건물의 상태도.

라비와 마누가 도착하자 사라는 우리가 새집을 처음 방문했을 때 겪었던 일이 정말로 신기하다고 말했다. 둘은 약간 어리둥절한 표정이었지만 난 굳이 더 설명하지 않았다.

그래서, 내가 없는 동안 술자리를 즐기는 태도는 잘 지켰어요? 사라가 라비에게 물었다. 난 사라가 그 말을 기억하는 게 기뻤지만 동시에 둘을 소개해준 것이 걱정되기도 했다.

이 둘은 술자리 분위기 깨는 데 선수예요. 라비가 말했다. 그래서 당신이 돌아오기만 기다렸죠.

저녁 식사 내내 라비는 레나와 연관된 주제는 전부 피했다. 사라가 화장실에 간 사이에 난 라비에게 레나가 언제 엄마 집에서 돌아오는지 아냐고 물었다. 라비는 어깨를 으쓱였다.

네가 더 잘 알겠지. 그가 말했다.

레나랑 통화 안 했어?

응.

디저트로 뭘 먹을까? 화장실에서 돌아온 사라가 물었다. 전부 다 시켜서 나눠 먹자.

나 정말 여기로 이사해야 할까 봐. 사라가 말을 이었다. 너희들은 별로지만 음식이 기가 막혀.

난 내일 아침 해 뜰 무렵에 공원에 가야 했다. 공원 문을 여는 장면을 촬영할 예정이었고, 저녁 약속을 잡을 때 사라에게 이미 그 사실을 말해둔 터였다.

이제 슬슬 일어나자. 내가 말했다.

내가 아까 뭐랬어요. 이 둘은 분위기 깨는 데 선수라고 했죠? 라비가 말했다.

먼저 가. 난 좀 더 걷고 싶어. 술도 한 잔 더 마시고. 사라가 말했다.

난 사라에게 내 열쇠를 주며 말했다. 네가 돌아올 때쯤 우리가 잠들었을 수도 있어. 하지만 침대는 준비해뒀어. 네가 기차 타러 떠나기 전에 내가 공원에서 돌아올 거야.

찍소리도 내지 않을게. 사라는 그렇게 말하며 내 볼에 키스했다. 내일 봐.

지하철에서 마누와 난 라비와 사라 사이에 뭔가 있을 가능성에 대해 이야기했다.

그럴 가능성이 높지. 마누가 말했다.

레나는 어쩌고?

그건 라비가 알아서 할 문제야.

그렇게 되면 우리 입장이 곤란해지잖아.

그렇게 되면 **라비의** 입장이 곤란해지지.

둘이 만나게 된 게 나 때문인데?

그럼 오늘 라비를 초대하지 말았어야지.

무슨 말이야?

전에는 라비가 레나와 시시덕거린다고 화를 내더니 이젠 라비가 사라랑 시시덕거린다고 화를 내잖아. 매번 그 자리를 만든 건 너였어.

말이 이상하네. 난 이렇게 복잡하게 될 줄 몰랐지.

넌 이런 일에 너무 신경을 써. 걔들 인생이야.

하지만 우리 인생이기도 해. 우린 밑바닥에서 시작해 이제 막 토대를 쌓아가는 중이라고.

아침이 되어 손님방에 들어가 보니 침대에는 잔 흔적이 없었다. 몇 시간 뒤 공원에서 촬영을 마치고 돌아왔을 때 사라에게서 이미 기차역에 있다는 문자가 왔다. 어제저녁 정말 즐거웠고, 날 다시 만나서 너무 좋았다고 했다. 뭐라고 답장해야 할지 생각하고 있는 동안 사라에게서 또 문자가 왔다. 내 열쇠는 라비에게 맡겼다는 말과 함께 두 손으로 얼굴을 가린 원숭이 이모티콘이었다.

하하. 난 달리 뭐라고 말해야 할지 몰라 그렇게 보냈다.

면회 시간

병실은 사람들로 북적거렸다. 사람들이 자기들끼리 떠드는 동안 테레자는 멍한 눈으로 주위를 둘러보고 있었다. 지난번에 쓰러질 때 고관절이 부러진 테레자는 잠옷 차림으로 꽃에 둘러싸여 있었다.

이렇게 와주다니 정말 다정하시네요. 테레자의 딸이 우리에게 그렇게 말하더니 이내 다른 사람들에게 말했다. 어머니 이웃분들이세요. 그동안 큰 도움을 주셨죠.

몇몇 사람이 우리를 향해 고개를 끄덕였다. 전부 모르는 사람들이었고, 우린 지금까지 우리와 무관했던 테레자의 진짜 사회적 관계를 목격하는 듯했다. 테레자와 함께했던 저녁 식사는 상상 속 놀이에 불과했던 건 아닐까.

우린 침대로 다가갔다.

마누는 가방에서 시집 한 권을 꺼내 꽃 옆에 두었다.

참 센스 있으시네요. 테레자가 마누에게 말했다.

엄마, 이분들이 면회 와줘서 정말 좋지? 테레자의 딸이 말했다.

그녀는 다들 점심을 먹으러 나갈 참이었다면서 우리에게 얼마든지 있다 가라고 했다.

우린 테레자가 누운 침대 양옆에 앉았다. 그녀는 고개를 좌우로 돌리며 우릴 향해 미소 지었다. 마누가 책장을 뒤적이다 시 한 편을 낭독했다. 비록 테레자는 이미 잠든 듯했지만.

시는 하늘에 관한 내용이었다. 그 위대함과 변덕스러움에 대해. 구름이 흘러갔고, 하늘은 어두워졌고, 달이 떴다.

테레자는 눈을 뜨더니 이렇게 말했다. 있잖아, 참 이상해.

뭐가요, 테레자? 내가 물었지만 그녀는 무슨 말을 하려고 했는지 이미 잊어버린 뒤였다. 그래도 그녀의 눈동자는 여느 때와 마찬가지로 반짝거렸다.

삶을 기록하는 사람

레나는 근무가 없는 날을 골라 마누가 출근하자마자 우리 집에 왔다.

컵과 쟁반 몇 개만 제외하면 이삿짐은 거의 다 싸둔 상태였다. 액자가 걸렸던 자리마다 밝고 하얀 사각형 자국이 남아 있었다. 빛이 채워야 할 허전한 공간이 너무 많았다.

나는 다큐멘터리 편집 작업을 하고 있었다. 그녀는 내 모니터에 뜬 화면, 정지된 회전목마를 보더니 다큐멘터리를 몇 분만 보여달라고 부탁했다. 난 내 다큐멘터리가 다른 사람에게 어떻게 보일지 궁금해서 흥분되었다. 이 작품을 공개할 준비가 되었고 나만의 관점에서 벗어날 준비도 된 상태였다.

커피를 한 주전자 내린 다음 우린 컴퓨터를 앞에 두고 식탁에 앉았다.

영상을 보는 동안 레나는 무표정했다. 한참 후에 난 노트북을 닫았다.

지금은 이게 전부야. 내가 레나의 눈치를 보며 말했다.

이제 어떻게 할 거야? 레나가 물었다.

난 그 질문에 당황했다. 레나에게서 약간의 격려까지는 아니더라도 감상평 정도는 들을 수 있을 줄 알았다.

촬영을 계속해야겠지?

레나는 아무 말도 하지 않았다. 난 커피를 더 마시겠냐고 물었다.

네 친구가 왔다고 들었어. 레나가 말했다.

그날 아침 난 라비에게 문자를 보냈다. 오늘 우리 집에 레나가 올 거라고. 혹시라도 라비가 내게 할 말이 있을까 싶어서였다.

잘됐네. 라비가 답장했다. 짐 싸는 일은 잘 돼?

사라는 딱 하룻밤 있었어. 내가 레나에게 말했다. 함께 저녁 먹었고 그 자리에 라비도 있었어.

알아. 라비는 그 일로 아주 수상하게 굴었어.

그날 식탁에 앉은 레나는 특히 더 아름다웠다. 피부는 마치 안쪽에 불이 켜진 듯 은은하게 빛났다.

대체 라비는 왜 그렇게 수상하게 군 거야? 레나가 물었다.

너희 둘은 이렇게 스무고개 하듯이 떠보지 말고 서로 제대로 대화하는 법을 터득해야 해.

아쉽다. 라비를 제대로 알기도 전에 끝나버렸네.

네가 라비를 왜 몰라? 괜히 어색해서 난 그렇게 말했다. 우리가 잘 아는 라비잖아.

너도 나한테 말 안 해주려는 모양이네. 레나가 말했다.

말하고 말 것도 없어. 난 그렇게 말했고 그건 평소 라비가 하던 말과 아주 비슷했다. 우린 다 함께 밖에서 저녁을 먹었고 사라는 이튿날 아침에 돌아갔어. 너도 부르고 싶었지만 넌 엄마 집에 있었잖아.

둘 사이에 무슨 일이 있었던 것 같아.

왜 그렇게 생각해? 내가 물었다.

첫째로 라비가 날 놀리는 기분이 들어. 이젠 너도 한패인 것 같고. 레나가 말했다.

말도 안 돼. 난 누구 편도 들고 싶지 않을 뿐이야.

그건 불가능해. 레나가 말했다.

다양한 삶의 방식

다큐멘터리는 회전목마 관리인이 셔터를 올려 말과 마차, 소방차를 보여주는 장면으로 시작했다. 이내 화면이 전환되어 잔디밭에서 팔다리를 서서히 움직이는 할머니들, 벤치에 앉은 십 대들, 공원 가장자리를 거니는 임산부가 등장했다. 다들 낮이라는 시간과 초록빛 고요에 잠겨 있었다.

이윽고 나뭇잎과 꽃, 햇살이 조금씩 달라졌다. 공원 토박이들의 옷차림도 마찬가지였다. 껴입었다가 다시 하나씩 벗어나갔다. 봄이 여름으로 바뀌면서 서리 내린 텅 빈 잔디밭에는 어느새 여기저기 맨팔과 맨다리가 눈에 띄었다.

한 노인이 자신은 공원을 마주 보는 건물에서 평생을 살았다고 말했다. 어릴 때는 부모님이 주말마다 자신을 여기 데려와 호수 주위를 산책하고 아이스크림을 사줬다고 했다. 하지만 이젠 아이스크림 장사꾼의 출입이 금지됐지, 노인이 말했다. 그는 정말 많은 변화를 지켜봤다. 하지만 아직도 어릴 때 봤던 플라타너스와 삼나무를 알아볼 수 있었다. 이제는 할 일도 별로 없었고 돌볼 사람도 없었으므로 그는 매일 그 나무들을 살펴보려 공원에 왔다. 촬영 당시에는 노인이 어떤 감정으로 이 말을 했는지 몰랐다. 편집할 때야 눈물로 반짝이는 그의 눈을 알아차렸다. 난 노인에게서 라비로 넘어가게 편집했고 라비의 말은 노인과 마찬가지로 부드러운 말 속에 숨겨진 여운이 유지되도록 다듬었다.

촬영하는 몇 달 내내 나는 살아가는 방식도, 공원을 즐기는 방식도 참 다양하다고 생각했다. 그런 다양한 삶의 형태, 낯설고도 독특한 방식을 가능한 한 많이 알고 싶었다. 하지만 최근에 같은 장면을 반복해서 보고, 장면 간의 연결을 매끄럽게 다듬고, 자연스럽게 이어지는 대화처럼 편집하면서 차츰 깨닫게 되었다. 겉보기엔 다양해 보여도 결국 살아가는 방식은 하나뿐이라는 사실을. 덧없이 흐르는 하루의 시간을 뚫고 나아가는 방법은 하나뿐이라는 사실을.

경계

테레자는 앞으로 함께 살게 될 요양사와 함께 병원에서 돌아왔다. 우린 건물 앞에서 우연히 그들을 마주쳤다. 테레자의 딸과 요양사는 그녀를 차에서 부축해 휠체어에 태우려 하고 있었다. 고관절이 나으려면 시간이 걸릴 거라고 했다. 하지만 그보다 더 심각한 문제는 지금 어머니 정신이 어느 때보다도 더 흐려졌다는 거예요. 테레자의 딸이 말했다.

안녕, 여러분. 테레자가 우릴 불렀다. 파티라도 열렸나요?

이렇게 헛소리만 하세요. 끊임없이. 딸이 말했다.

그녀는 우리가 그 사실을 이해해주길 간절히 바랐다. 어쩌면 부모님의 죽음을 받아들이는 데 필요한 절차인지도 몰랐다. 하지만 난 지금 이 상황이 어떤 의미인지 더 생각하고 싶지 않았다.

마누와 난 그때까지 한마디도 하지 않은 요양사에게 우릴 소개했다. 그녀의 이름은 안야였다. 우린 테레자에게 앞으로 자주 보자고, 시 낭송회 겸 저녁 식사도 계속하자고 말했다. 아직 테레자에게 이사할 거라는 말을 하지 않았는데 앞으로도 하지 않을 것 같았다. 우린 계속 저녁을 함께 먹고 자주 찾아갈 것이다. 테레자는 달라진 점을 눈치채지 못할 수도 있었다. 그편이 더 쉬울 듯했다. 그녀를 슬프게 하거나 혼란스럽게 할 필요는 없었다. 세상이 변하고 있다는 느낌을 줘야 할 필요도 없었다.

안야는 우릴 멍하니 바라봤다.

테레자, 이제 함께 살 친구가 생겨서 좋죠? 내가 말했다.

아, 내 사랑스러운 이웃을 만났나 보군요. 테레자가 말했다.

난 딸의 말이 옳다는 게 증명될까 두려워 더는 말하지 않았다.

친밀함

우리가 새집 열쇠를 받게 되자 라비는 집을 보러 왔다. 2주 뒤에 이사할 예정이었지만 현실적인 준비는 거의 못 했다. 온수는 나오지 않았고 인터넷도 설치하지 않았다. 라디에이터는 액체를 칙칙 뱉어낼 뿐 여전히 얼음장처럼 차가웠다. 수건을 걸 고리도, 조리대를 닦을 수세미도, 우리가 사둔 흰색 페인트를 칠할 롤러나 붓도 없었다. 사실 우린 벽을 칠하는 데 뭐가 더 필요한지도 몰랐다.

라비는 아무 말 없이 집 안을 둘러봤다. 전에 살던 집주인의 가구가 사라지니 집 안은 더 작고 지저분해 보였다.

멋지네. 마침내 라비가 말했다. 딱 너희들이 살 것 같은 집이야.

이곳이 어떻게 바뀌는지 보기도 전에 우리와 어울린다고 말하니 기분이 나빴다. 솔직히 지금으로서는 내 눈에도 이 집이 그다지 근사해 보이지 않았다. 순간적으로 우리가 아무 이유 없이 엄청나게 큰 변화를 선택했다는 생각이 들었다. 하지만 마누에게 그렇게 말하진 않을 터였다. 어쨌든 마누도 스스로 알게 될 테니까.

우린 식탁을 어디에 둬야 할지, 어떤 종류의 책꽂이를 설치할 수 있을지 의논했다. 벽의 치수도 쟀지만 이 길이와 높이를 어떻게 써야 할지 몰랐다. 그래도 그 집에 라비와 함께 있으면서 실용적인 일을 하는 척하니 기분이 좋았다. 제대로 된 방향으로 가는 듯했다.

난 아까부터 라비가 목에 뭔가를 걸고 있다는 걸 알아차렸다. 긴 끈으로 된 목걸이였는데 가운데 돌 같은 것이 달려 있었다. 셔츠 안에 숨겨져서 제대로 볼 수 없었다. 이례적인 일이라고 생각했다. 라비가 직접 목걸이를 산다는 건 상상도 할 수 없었다. 꾸미는 일이라면 끔찍이 싫어했으니까. 그런데도 왠지 목걸이에 관해 물어볼 수 없었다.

우린 집에서 나와 맥주 바로 갔다.

너희들 공원의 그 자리 알지? 두 나무 사이 말이야. 우리가 주로 앉던 곳. 거기에 해먹을 설치하면 멋질 거야. 라비가 말했다.

그럼 여름엔 거기가 우리 아지트가 되겠네. 마누가 말했다.

나도 그렇게 생각해. 라비가 말했다.

라비는 손가락으로 목걸이 끈을 쓰다듬었다.

그건 뭐야? 마누가 물었다.

그냥 목걸이야. 라비가 말했다.

어디서 났어?

선물로 받았어.

비밀 선물이야? 내가 참지 못하고 물었다.

그럴 리가. 라비는 그렇게 말했지만 끝내 누구에게 받았는지 말해주지 않았다.

그래서 누가 줬는데? 마누가 물었다.

사라가 보내줬어.

오오오오오. 로맨스네.

사라가 이런 목걸이를 만드는 것 같던데. 네가 더 잘 알 거 아냐. 라비가 말했다.

아니. 난 몰라. 내가 말했다.

공원에서

다음 주말은 화창했고 우리는 공원에 갔다. 공원에 온 사람들은 다들 봄기운에 들떠 있었다.

라비는 집주인에게 해먹을 빌려왔다. 마누와 난 맥주와 과자를 가져갔다. 두 나무 간의 간격이 너무 좁아서 우린 더 나은 자리를 찾아 돌아다녔다. 해먹을 설치하자 라비가 곧바로 올라갔다.

진짜 끝내준다. 이런 게 사는 거지. 라비가 말했다.

그러더니 불쑥 이렇게 말했다. 나 여기를 떠날 수도 있어.

그래? 난 그렇게 말했지만 그 말을 진지하게 받아들이지는 않았다.

언젠가는 우리 모두 시골로 이사해야 해. 마누가 졸린 목소리로 말했다. 마누는 그루터기 옆에 누워 있었다.

아니, 내 말은 빠른 시일 내에 말이야. 라비가 말했다. 몇몇 학교와 이야기했는데 그럭저럭 괜찮은 선택지가 있어.

무슨 말이야? 마누가 물었다.

사라가 한번 시도해 보는 것도 나쁘지 않을 거래.

애매하게 말하는 것 좀 그만할래?

잠깐만, 너 이사 가는 거야? 마누가 물었다.

언젠가는. 라비가 말했다.

마누는 양쪽 팔꿈치를 짚고 몸을 일으켰다. 라비, 좀 똑바로 말해봐.

알았어. 한 학교에서 제안을 받았는데 사라가 당분간 자기네 집에 살면서 우리 관계가 어떻게 될지 보자고 했어.

언제 둘이 그런 사이가 된 거야? 왜 우리한테 말 안 했어? 내가 물었다.

지금 하고 있잖아. 어쩌다 보니 순식간에 그렇게 됐어. 사라도 너희들에게 말하고 싶어 했는데 내가 먼저 말하겠다고 했어.

머릿속에 떠오르는 반박은 하나같이 입 밖으로 꺼내기에 부적절해 보였다. 하지만 해먹 이야기는 해도 되지 않을까? 이 도시를 떠날 거라면 여기가 우리의 여름 아지트가 되어야 한다는 말은 왜 했냐고.

대신 난 레나에게 말했냐고 물었다. 순간적으로 라비는 그 질문에 시비를 걸 듯한 표정이었다.

응. 말했어. 한참 후에야 라비가 대답했다.

이사 갈 거라고 말했어?

했어.

사라에 대해서도?

응, 했어.

레나가 뭐래?

레나는 화를 냈어. 엄청 화를 냈지. 우리가 무슨 약속이라도 한 줄 알더라고.

그 순간 라비는 어린아이 같아 보였고, 난 라비가 약간 겁에 질린 것 같다고 생각했다.

The Anthropologists

며칠 후 샤론에게서 전화가 왔다.

너 레나랑 연락해? 그녀가 물었다.

난 최근에는 연락 못 했다고 말했다.

그 여자 진짜 별나더라. 완전히 미쳤어. 샤론이 말했다.

어제 오후 샤론은 산부인과 진료 때문에 평소에는 거의 가지 않는 동네에 갔다. 진료가 끝난 후에 보상의 의미로-그녀는 산부인과 정기 검진이 딱 질색이었다-카페에 들어갔다가 레나를 마주쳤다.

레나가 거기서 일하나 보더라? 난 그런 줄도 몰랐어. 샤론이 말했다.

그게 왜 중요하냐고 물어보려다가 마음을 바꿨다. 샤론의 말을 끊고 싶지 않았다. 하지만 마음이 점점 불편해졌다.

그래서 요즘도 계속 **파티**를 여는 거예요? 레나가 그렇게 묻더라니까. 말투가 너무 기분 나빴어. 샤론이 말했다.

그래서 내가 물론이라고, 당신도 언제든 환영이라고 했지.

그랬더니 레나가 정말 친절하시네요, 라고 말하면서 갑자기 내 파티에 오는 사람들이 정말 지루하다는 거야. 다들 쇼를 한다나. 자기들이 아주 멋진 사람인 척한다고.

내가 들은 그대로 말하는 거야. 샤론이 말했다. 그 미친 여자가 나한테 그러더라니까. **당신네들이 하는 일이라곤 지루함에서 벗어날 방법을 찾는 것뿐이죠.** 그러더니 내 주문도 안 받았어.

Ayşegül Savaş

맙소사. 그건 좀 심하네. 내가 샤론에게 말했다.

심지어 레나는 그들의 육아 방식까지 신랄하게 비난했다고 했다. 아이를 낳았으면 책임을 져야지 아이는 그저 핸드폰만 들여다보게 하고 자기들은 자기들 인생 살기에 바쁘다고.

정말 어이없지 않아? 샤론이 물었다.

난 그렇다고 말했지만 동시에 나도 모르게 웃음이 터질까 봐 겁이 났다.

대체 그 여자가 왜 그러는지 알아?

아니. 나도 정말 모르겠어.

저녁때 난 이 일을 마누에게 전부 말했다.

와, 레나가 미쳐버렸네. 마누가 말했다.

레나에게 전화해볼까?

별로 좋은 생각이 아닌 것 같은데.

하지만 틀림없이 우리에게도 화가 났을 거야. 나한테 화가 났을 거라고.

그러니까 연락하지 말라는 거야.

레나 때문에 마음이 너무 불편해. 나는 그렇게 말하면서도 이 말이 그저 내 양심의 가책을 덜기 위한 것임을 알고 있었다. 그리고 편을 들지 않는 건 불가능하다는 레나의 말이 무슨 뜻인지 이제야 실감했다.

나이 먹는 것의 두려움

길을 건너다가 카페 바로 앞에서 누군가 넘어지는 걸 보았다. 요란한 쿵 소리가 나더니 노부인의 바퀴 달린 장바구니 속 물건이 인도로 와르르 쏟아졌다. 이윽고 아이처럼 당황한 울음소리가 들렸다. 내가 건너편에 다다랐을 때는 이미 다른 사람들이 울고 있는 노부인을 에워싼 상태였다. 카페의 두 웨이터는 노부인에게 물을 권하고 있었다. 젊은 여자는 인도에 쏟아진 식료품을 줍고 있었다. 누군가는 인도 상태가 엉망이라고 욕하기도 했다. 지난번 테레자의 낙상 사고 덕분에 난 어디로 전화해야 하는지, 어떻게 해야 상황을 효과적으로 설명할 수 있는지 알고 있었기에 핸드폰을 꺼냈다. 따뜻한 장면이었다. 모여 있는 사람들에게서 사랑의 기운이 느껴졌다.

잠시 후에 우린 노부인을 겨우 자리에서 일으켜 카페 야외 테이블로 데려갔고 그녀에게 구급차가 오는 중이라고 말했다.

아이고, 저런. 괜히 번거롭게 할 필요 없어요. 노부인이 말했다. 이제 부인은 울음을 그친 상태였다.

우린 그녀에게 절대 혼자 집에 가서는 안 된다고 우겼다.

이 안에 뭐가 잘못됐을지 아무도 몰라요. 웨이터가 자신의 머리를 톡톡 치며 말했다.

내 이웃이 여기 있어요. 그분과 함께 걸어가면 돼요.

노부인은 그렇게 말하며 자신의 뒤를 가리켰다. 거기에는 위대한 여인이 앉아 있었다. 그녀는 지금까지 자신의 눈앞에서 벌어지는 상황에 전혀 관심을 보이지 않았고 오로지 빵과 버터를 먹는 데만 몰두한 듯했다. 우리가 일제히 위대한 여인을 바라보자 그녀는 자신이 노부인의 이웃이 맞다는 뜻으로 고개를 끄덕였다.

우린 함께 집에 갈 거예요. 노부인이 명랑하게 말했다. 그게 우리 둘 다에게 좋아요. 우리 나이에는 곁에 있어 줄 사람이 필요하니까요.

난 위대한 여인의 얼굴에서 분노와 비슷한 무언가를 보았다. 아니면 공포일까? 그녀 역시 삶이 자신을 남겨둔 채 흘러간다는 공포에 휩싸여 있다는 걸 난 깨달았다.

의리의 개념

지금까지 할머니에게 테레자 이야기를 거의 하지 않았다는 건 약간 이상한 일이었다. 어쨌거나 두 사람은 동년배였고 둘 다 활기차게 사는 사람들이었으니까. 아무래도 내가 할머니에게 테레자와의 우정을 숨기고 싶었던 것 같다. 우리가 자주 만나고, 우리끼리만 아는 농담을 나누고, 필요하면 언제든 테레자의 집에 갈 수 있다는 사실을. 그런 얘기를 들어도 할머니는 아무 말 하지 않았을 테지만 그래도 속으로 이렇게 꾸짖었으리라. 네 할머니는 어쩌고?

테레자가 퇴원한 뒤 난 할머니에게 윗집에 사는 노부인이

심한 낙상 사고를 당했다고 말해주었다. 내가 옷을 잘 차려입고 립스틱까지 바른 채 할머니와 영상통화를 하던 날이었다. 난 우리 이웃이 수술을 받은 뒤로 정신이 약간 이상해졌다고 할머니에게 말했다.

그 말을 하면서 마음속으로 테레자에게 사과했고, 내가 왜 이런 식으로 그녀를 배신하는지 이해해주길 바랐다.

할머니는 내 이야기에 완전히 몰입해 핸드폰 앞으로 가까이 다가왔고, 그래서 화면에는 할머니의 입만 보였다.

정신이 어떻게 이상해졌는데? 할머니가 물었다.

음, 우리랑 얘기할 때 우리에게 아래층 이웃을 만나보라고 했어요.

그게 너희를 말한 거야? 할머니가 외쳤다.

네.

아이고, 가엾어라. 불쌍한 할머니네. 할머니가 흥분으로 들떠서 말했다.

유대의 원칙

이 집에서 보내는 얼마 남지 않은 날들이었고, 남은 조리 도구는 냄비 하나와 작은 프라이팬뿐이어서 우린 저녁을 간단히 차려 먹었다. 때로는 드라마 두 편을 연달아 본 다음 도무지 끝이 보이지 않는 짐 싸기도 마저 끝냈다. 다음 주 어느 날,

이른 아침에 이삿짐센터가 오기로 되어 있었으니 정오쯤이면 이사가 끝날 터였다.

마누는 며칠째 기분이 가라앉아 있었다. 어느 날 저녁, 설거지를 하고 마른행주로 그릇까지 다 닦은 뒤에 마누는 침실로 가서 책을 읽으려고 누웠다. 몇 분 뒤 나도 침실로 따라 들어갔다.

괜찮아? 내가 물었다.

응. 괜찮아.

무슨 일 있어? 마누는 캐묻는 걸 좋아하지 않았지만 난 그렇게 말했다.

괜찮다니까. 마누가 말했다.

난 마누 옆에 누웠다.

이사가 걱정돼서 그래?

이사는 순조롭게 진행 중인 것 같아.

그럼 형 때문이야?

아마도.

마누, 대체 왜 그래? 나까지 불안하잖아.

그럴 거 없어. 다 잘될 거야.

나는 마누 손 위에 내 손을 포갰다. 마누, 우린 한 쌍의 T잖아.

맞아.

마누는 몸을 일으켜 앉더니 책상다리를 했다.

라비에게 서운해.

라비가 떠나는 것 때문에?

응. 너무 갑작스럽잖아. 말이 안 되는 거 알지만 그래도 라비가 우릴 배신한 느낌이야.

무슨 말인지 알아. 내가 말했다. 나도 그 말에 정말로 공감했기 때문이다. 하지만 마누에게 그런 말을 듣게 될 줄은 몰랐다.

라비는 가족 같은 존재야. 마누가 말했다. 라비가 우릴 전혀 고려하지 않았다는 생각이 계속 들어. 그냥 너무 쉽게 떠나는 느낌이야.

마누의 생일에 그랬듯이 나는 서글픈 마음이 들었다. 우리가 함께하는 삶이 아무리 넓어 보여도 사실은 작고 고립되어 있었다.

이틀 뒤 우린 벼룩시장에서 라비를 만났지만 셋 다 아무런 의욕이 없었다. 다시 말해, 예전에는 아무런 목적 없이 느긋하게 가판대를 둘러보았는데 이젠 그런 여유가 사라졌다. 마누와 난 상자에 담을 새 물건을 하나라도 더 늘리고 싶지! 않았고, 라비는 둘러보는 시늉조차 하지 않는 듯했다. 우린 우중충한 바에 가서 늘 마시던 와인 한 피처를 시켰다.

네가 떠난다니 믿기지 않아. 마누가 말했다.

알아. 미친 짓이지. 라비가 말했다.

근데 넌 너무 무덤덤해 보여. 네가 보고 싶을 거야. 마누가 말했다.

나도 너희가 보고 싶을 거야! 라비가 말했다. 난 그 말에 마누가 속상해하는 걸 알 수 있었다.

네가 그렇게 빨리 떠날 거라고 해서 약간 충격받았어. 내가 말했다. 너한테는 새로운 일이 잔뜩 기다리고 있잖아. 넌 우리만큼 슬프지 않을 거야.

당연히 슬프지. 너희들은 가족 같은 존재야. 라비가 말했다. 너희들은 최근에 집도 샀고, 서로 의지할 수 있고, 함께 삶을 만들어가고 있잖아. 난 오랫동안 빈둥거리면서 시간만 낭비했다고.

새삼? 우린 빈둥거리는 거 좋아하잖아. 내가 말했다.

그래도 계속 그렇게 살 순 없지. 라비가 말했다.

너답지 않아. 곧 있으면 상담도 받고 술자리에서도 마지막 술은 거절하겠네. 내가 말했다.

두고 보자고. 그렇게 말하는 라비의 말투에 농담의 기색은 전혀 없었고 난 그 사실이 슬펐다.

우리가 라비에 대해 모르는 점도 있다는 사실은 생각조차 할 수 없었다. 그가 우리에게 낯선 사람이 된다는 사실은.

라비, 우리의 삼총사 동맹을 깨겠다는 거야? 내가 말했다.

자, 거기까지. 마누가 끼어들었다. 자기 연민은 그만두자고.

식당이나 찾아보자. 라비가 그렇게 말해서 우린 그렇게 했다.

삶과 죽음

지금까지 기다리고 있었다. 삶이 송두리째 바뀔만한 중대한 소식을. 이젠 진짜 삶에 본격적으로 뛰어들어야 하며 놀이는 끝났다는 소식을. 우리는 삶이 곧 바뀌리라는 막연한 느낌 속에서 살았다. 그 느낌은 변화가 이미 도래했다고 알려주는 듯했다. 우린 변화의 충격을 상상하며 살았다. 어쩌면 안도감이 들지도 모르겠다고 난 생각했다. 이제야 왔구나. 드디어 삶이 시작된 거야.

난 우리를 기다리는 일의 목록을 대충 훑어보았다. 욱신거리는 이를 혀로 건드려보듯이. 하지만 그 중 어느 것도 구체적으로 생각하는 건 견딜 수 없었다.

모국어

새집에서 눈을 뜬 첫날, 우리는 익숙지 않은 소리에 귀 기울였다. 켜켜이 쌓인 새것과 옛것의 냄새가 감돌았다. 2주 뒤면 라비는 이 도시를 떠난다. 조립해야 할 가구와 풀어야 할 상자가 산더미인데도 우리는 침대에 누워 있었다. 손을 잡고 침대에 등을 대고 누운 채 천장을 올려다보았다.

우리가 좋아하는 일이 뭐가 있지? 마누가 물었다.

아침 식사. 내가 말했다.

페이스트리도. 마누가 말했다.

테레자. 내가 덧붙였다.

라비와 함께 마시는 맥주.

빈둥거리기.

할 일 없는 주말.

형사 드라마. 햇빛 아래 앉아 있기.

그 정도면 멋진 삶이다. 마누가 말했다.

우리는 침대에 계속 누워 있었다. 이윽고 마누가 말했다.

좋아, 좋아.

좋아, 좋아, 좋아. 내가 말했다.

이제 슬슬 사고 한번 쳐야지? 마누가 말했다.

이제 슬슬 사고 한번 치고 뒤집어버리자. 내가 동의했다.

감사의 말

격려와 조언을 아끼지 않는 에이전트 새라 보울린에게 변함없는 감사의 마음을 전한다.

뛰어난 통찰력과 따뜻함, 열정을 보여준 캘리 가넷, 소피 미싱 그리고 블룸즈버리 출판사와 스크리브너 출판사의 팀들에 감사한다.

이 책의 첫 번째 독자들인 막스 옵샤니코프, 페라 쉘러, 조피아 영, 푸앗 사바쉬, 잭 폭스에게 그들이 보여준 우정과 통찰에 감사한다.

이 소설의 출발점은 《뉴요커》에 실린 단편 소설 〈미래의 우리들〉이었다. 이 책은 그 이야기와 많이 달라졌지만 원고를 계속 읽어주고 통찰을 나눠준 크레시더 레이션에게 감사한다.

브라이언 워싱턴, 가스 그린웰, 케이티 키타무라, 레이븐 레일라니에게도 감사한다. 그들은 작품 구상 초기부터 날 지지해줬으며 아름다운 문장이 무엇인지 보여주었다.

막스, 잭, 앤에게도 감사한다. 함께 교감할 수 있어서 즐거웠어.

인류학자들

초판 발행 · 2025년 10월 22일

지은이 · 아이세귤 사바쉬
옮긴이 · 노진선
발행인 · 이종원
발행처 · (주)도서출판 길벗
브랜드 · 더퀘스트
출판사 등록일 · 1990년 12월 24일
주소 · 서울시 마포구 월드컵로 10길 56(서교동)
대표전화 · 02)332-0931 | **팩스** · 02)323-0586
홈페이지 · www.gilbut.co.kr | **이메일** · gilbut@gilbut.co.kr
대량구매 및 납품 문의 · 02)330-9708

기획 및 편집 · 허윤정 | **제작** · 이준호, 손일순, 이진혁 | **마케팅** · 정경원, 김선영, 정지연, 이지원, 이지현 | **유통혁신** · 한준희 | **영업관리** · 김명자, 심선숙 | **독자지원** · 윤정아

디자인 및 전산편집 · 이정현
CTP 출력 및 인쇄 · 정민 | **제본** · 정민

· 더퀘스트는 (주)도서출판 길벗의 인문교양, 비즈니스 단행본 브랜드입니다.
· 이 책은 저작권법의 보호를 받는 저작물로 이 책에 실린 모든 내용, 디자인, 이미지, 편집 구성은 허락 없이 복제하거나 다른 매체에 옮겨 실을 수 없습니다.
· 인공지능(AI) 기술 또는 시스템을 훈련하기 위해 이 책의 전체 내용은 물론 일부 문장도 사용하는 것을 금지합니다.
· 잘못 만든 책은 구입한 서점에서 바꿔 드립니다.

ISBN 979-11-407-1602-9 03840
(길벗 도서번호 040316)
정가 17,000원

독자의 1초를 아껴주는 정성 길벗출판사

(주)도서출판 길벗 www.gilbut.co.kr
IT단행본&교재, 성인어학, 교과서, 수험서, 경제경영, 교양, 자녀교육, 취미실용

길벗스쿨 www.gilbutschool.co.kr
국어학습, 수학학습, 주니어어학, 어린이단행본, 학습단행본